PARCE QUE C'ÉTAIT LE SEUL CHOIX

DU MÊME AUTEUR

On n'efface pas les souvenirs, Albin Michel, 2019

Sophie Renouard

PARCE QUE C'ÉTAIT LE SEUL CHOIX

Roman

Les Presses de la Cité

92, avenue de France – 75013 Paris
ISBN 978-2-258-20056-2
Dépôt légal : mai 2022

On n'échappe jamais à ce qui nous a manqué.

Hervé LE TELLIER

Chacun de nous a son histoire
Et dans notre cœur à l'affût
Le va-et-vient de la mémoire
Ouvre et déchire ce qu'il fut.

« Nul ne guérit de son enfance »,
Jean FERRAT, 1990

À ma mère, bien trop tôt disparue

1

Paris était baigné d'une chaleur inhabituelle pour une fin de mois de mai. Une impression joyeuse de vacances flottait dans les larges avenues, accentuée par la nonchalance des nombreux touristes qu'Olivia voyait flâner autour d'elle dans les jardins du palais de Chaillot. La clinique dans laquelle elle travaillait comme gynécologue-obstétricienne était à quelques minutes de marche du Trocadéro. Aussi profitait-elle souvent de l'heure du déjeuner pour s'installer sur un banc et lire tranquillement.

Elle défit l'élastique qui retenait ses cheveux épais et tourna le visage vers le ciel. Dieu qu'elle aimait le soleil ! Mars et avril avaient été mornes et humides, et le dernier hiver fut sans doute le plus sombre et le plus froid qu'elle se rappelait avoir traversé depuis longtemps. Sa poitrine se souleva doucement, un long soupir de satisfaction s'échappa de ses lèvres entrouvertes. Elle sourit.

Olivia avait un besoin impératif de venir se ressourcer dans ce jardin. Entre ses consultations du matin et celles de l'après-midi, cette parenthèse de silence, de rêverie, lui était indispensable. Dans son service, la matinée avait été très calme, avec la naissance rapide et sans difficulté d'un seul bébé, qui venait au monde dans une famille probablement déjà béate d'admiration.

Olivia revoyait la mère penchée sur son enfant pour le contempler, le respirer, le renifler. Le père avait caressé la joue ronde du nouveau-né du bout du doigt. En quelques secondes seulement, une passion vorace avait submergé les deux nouveaux parents.

Pour Olivia, c'était une source inépuisable de contentement. Elle se repaissait jour après jour des visages transfigurés de ses patientes et de leur famille après chaque naissance.

Le premier regard que des parents posent sur leur petit exprime, le plus souvent, une vérité pure. L'amour absolu ou la joie féroce, les craintes irraisonnées, la fierté, la stupéfaction et tout un éventail de sentiments qui se modulent et évoluent au fil de la vie. Mais Olivia savait aussi que, parfois, il n'y a aucun regard : la mère tourne la tête.

Cela avait sans doute été son cas.

S'écartant résolument des autres promeneurs, elle posa ses affaires sur un banc à l'ombre d'un arbre plusieurs fois centenaire, retira ses chaussures, admira un instant le rouge grenat de ses ongles de pied, enfonça voluptueusement ses orteils dans l'herbe et s'accorda une nouvelle inspiration, ample et profonde, qui dénoua les tensions de son dos et allégea instantanément ses épaules. Enfin, elle prit son livre avec une impatience difficile à réprimer et se plongea dans les toutes dernières pages du vieil exemplaire d'un roman de Jim Harrison, l'un de ses auteurs préférés. Dans cette histoire d'amour, le héros, instituteur, partage son existence tranquille entre ses copains et son amie d'enfance, à la nature à la fois paisible et ardente. Jusqu'au jour où l'une de ses élèves, plutôt affranchie, bouleverse sa vie. Olivia se demanda si elle préférait le personnage de Rosalee ou celui de la jeune Catherine. Et laquelle des deux était la plus intéressante. À la réflexion, l'amie d'enfance, aux élans si contraires. C'était dans cet écartèlement que se rassemblaient toutes ses fêlures. Et c'est ce qui faisait sa force immense.

Pourtant, Olivia ne partageait plus rien avec ce personnage. Parce qu'elle aussi s'était approchée d'hommes capables de ce genre de légèreté avec la première paire de fesses croisée au coin d'un bar. Et qu'elle avait failli ne jamais s'en remettre. L'émotivité des femmes, leur vulnérabilité face aux sentiments amoureux. Il était là, le poignant déséquilibre.

Autour d'elle, le monde avait disparu ; elle aurait presque pu se dissoudre dans les petits caractères noirs qui dansaient devant ses yeux. Mais le bourdonnement d'une abeille mêlé au murmure des arbres et des feuilles la ramena doucement à la réalité. Elle leva un instant les yeux de son livre et observa deux jeunes amoureux se tenant par la main et descendant tranquillement vers le boulevard Delessert. Combien de temps durerait leur histoire ? Les statistiques étaient pourtant claires. À Paris, un couple sur deux finissait par se séparer. Il fallait être vraiment naïf pour croire qu'une relation amoureuse, stable et respectueuse pouvait être possible dans une ville aussi stressante. Elle leur souhaita intérieurement le meilleur, mais la crispation de ses lèvres trahit clairement l'amertume de ses propres échecs.

Pour Olivia, l'amour avait été une émotion rare qui aurait dû mériter tous les égards, toutes les attentions, toutes les précautions. Un sentiment parfait qui ne pouvait, en aucun cas, s'accommoder des petites lâchetés quotidiennes ou des trahisons banales. À deux reprises, elle avait été follement amoureuse. Des joies intenses l'avaient alors arrachée aux blessures de son enfance. Elle s'était sentie étonnamment invulnérable, car aimée. Et cette certitude l'avait propulsée dans des projets où la douceur avait été enfin envisageable. Mais ni le père de sa fille aînée ni celui de ses deux fils n'avaient été à la hauteur de son ébranlement intime. Les déceptions et les chagrins qui avaient suivi l'avaient entraînée dans des abîmes de souffrance dont elle avait mis un temps infini à s'extraire. Deux ruptures considérables qui l'avaient précipitée dans des gouffres plus profonds et plus noirs qu'un deuil, qu'elle aurait pourtant mille fois préféré traverser. Ces délaissements amoureux avaient réveillé en elle de vives déchirures.

Elle avait alors compris que la cicatrice initiale de l'abandon, expérimentée dès sa naissance, ne cesserait jamais de la dévorer. Ainsi, après ces deux épreuves douloureuses et toxiques, et trois enfants plus tard, Olivia avait fait le choix délibéré de la solitude amoureuse.

Humant les effluves du chèvrefeuille qui colonisait le mur du jardin public, elle profita pleinement de ce moment de calme. Sa prochaine consultation était à quinze heures. Sa fille, Emma, qui venait de fêter ses treize ans, rentrerait en fin d'après-midi, après son cours de théâtre, et ses jumeaux de neuf ans, Ernest et César, iraient au parc jouer au foot, sous la surveillance de la jeune fille au pair.

Soudain, son téléphone portable sonna dans son sac et un numéro masqué s'afficha sur l'écran.

— Allô, madame docteur ?

Olivia fronça les sourcils et fit un effort de concentration pour comprendre, un peu plus distinctement, le chuchotement haché de la voix à son oreille.

— Qui est à l'appareil ?

— C'est Olga, madame docteur. Toi parler à moi et toi soigner moi dans le bus du bois. Toi donner moi numéro si problème avec bébé.

Et Olivia perçut un son reconnaissable entre tous. Le souffle d'une femme qui accouche et qui souffre. Une respiration bien trop rapide, hyperventilée, qui gonfle d'air les poumons, puis les vide par petites expirations saccadées et épuisantes.

— Oui, Olga, bien sûr, je sais qui vous êtes. Je me souviens vous avoir donné mon numéro en cas d'urgence. Où êtes-vous ?

— Razvan, lui dire à toi.

Après un bref silence, Olivia entendit alors la voix d'un homme.

— C'est Razvan. Je suis le compagnon à Olga. Elle va avoir l'enfant. Elle n'a pas de papier et moi je ne veux pas de problème avec la police. Les copines à Olga disent que le bébé est mal placé. Olga a besoin que vous venez, vite.

Olivia savait qui était cette jeune fille qui se prostituait dans le bois de Boulogne. Elle savait aussi que ce Razvan n'était pas son compagnon, mais un pion, impliqué dans un vaste réseau de prostitution concernant de très jeunes femmes recrutées en Europe de l'Est. Et qu'il avait été le premier à la violer. Olivia faisait partie d'une association qui leur venait en aide. En compagnie de bénévoles, elle effectuait des maraudes nocturnes entre Boulogne-Billancourt, Neuilly et la porte Maillot, deux fois par mois. Ce contact avec un médecin permettait souvent aux prostituées un premier accès à des soins spécialisés. Les consultations, majoritairement gynécologiques, se tenaient dans un bus rose et blanc, aménagé en salle d'examen et en espace de repos. Car si Olivia multipliait les prélèvements de dépistage des infections sexuellement transmissibles ou vaccinait contre l'hépatite B, elle savait aussi que ces femmes avaient surtout besoin de se confier et de partager l'innommable. Une vie piégée, sans espoir et sans trêve, dans un cauchemar chaque jour recommencé, le cauchemar d'un consentement résigné à l'inacceptable, à la soumission. Celui d'un renoncement à soi-même.

Olga reprit le téléphone et Olivia chercha à évaluer dans ses mots, mais surtout à travers le ton de sa voix, la gravité et l'urgence de la situation.

— Olga ? Vous avez des contractions depuis combien de temps ?

— La nuit. Moi souffrir beaucoup. Mes amies ici

savoir que bébé difficile pour passer. Moi mourir si madame docteur pas venir.

— J'arrive, mais je n'ai pas ma sacoche ni mes instruments avec moi. Appelez le SAMU immédiatement et donnez-moi votre adresse.

— Non, pas possible donner adresse. Razvan venir chercher toi.

2

L'histoire d'Olga était à la fois ordinaire et dramatique. Razvan était arrivé dans son village moldave, perdu au milieu des lacs, au volant d'une grande voiture de marque allemande. Il n'en fallait en général pas davantage pour susciter l'intérêt de jeunes villageoises souvent naïves. Sans surprise, il y avait fait sensation. Olga et sa cousine Yasmin n'avaient cessé d'attirer son attention par mille stratagèmes désolants, qui ne prouvaient rien d'autre que leur vulnérabilité. Après deux jours seulement, passés à traîner dans les bars et sur la petite place de l'église orthodoxe, à se laisser observer et dévisager par les curieux, il avait cerné ses deux nouvelles proies.

Razvan leur avait proposé du travail comme femmes de ménage, dans un hôtel au centre de Paris. Il lui avait suffi de montrer quelques photos de la tour Eiffel, les assurer qu'elles seraient payées chaque mois en euros et qu'elles auraient assez d'argent pour en envoyer à leurs familles, pour que le destin des deux jeunes filles bifurque vers la honte. Il se proposait de s'occuper du trajet jusqu'à Paris, de leur nourriture, de leur hébergement et, enfin, de leur protection. C'était si simple. Plus tard, lorsqu'elles seraient bien installées, il toucherait un petit pourcentage de leur salaire pour rembourser leurs dettes.

Il savait s'y prendre. Son visage fin, ses pommettes hautes, ses yeux clairs et son sourire charmeur lui donnaient l'air d'un ange.

Razvan avait un objectif précis, et des comptes à rendre à son « Boss », dès son retour en France, mais il était assez serein. La Moldavie, sa terre natale, était un bon choix : pays parmi les plus pauvres et les plus corrompus d'Europe, il était, avec la Bulgarie, l'une des principales mannes des circuits de prostitution installés en Italie, en Suisse, en Belgique, aux Pays-Bas et en France.

Les proxénètes deviennent vite de fins psychologues. Ils devinent au premier regard combien une fille peut leur rapporter et jusqu'à quand. Olga venait de fêter ses dix-huit ans ; et elle avait immédiatement accepté de partir, accompagnée de sa cousine du même âge, bien moins jolie qu'elle mais d'une constitution solide. Pourquoi hésiter ? Fuir leur village, être indépendantes et libres étaient des leviers faciles à utiliser pour les convaincre. L'occasion était si belle d'échapper ainsi à la pauvreté et à une vie monotone. Elles avaient donc rejoint de jeunes Ukrainiennes et, durant le trajet interminable et inconfortable en autobus, d'autres Moldaves et Bulgares s'étaient ajoutées à leur groupe.

Dès la première nuit, Razvan lui avait promis le mariage, et l'avait réduite à être son objet sexuel. À chaque étape, il la jetait sur le lit d'une chambre d'hôtel minable, situé le plus souvent au bord d'une autoroute. Il la pénétrait sans la moindre tendresse et ses mouvements répétitifs et saccadés exprimaient, mieux qu'aucun mot, son mépris immense des femmes. Dans son comportement, pourtant, rien de personnel contre la jeune Olga. Depuis leur départ du petit village moldave, s'il ne prenait pas la peine de lui adresser la parole ni de la regarder, c'était parce qu'il répétait un état de fait immuable. Une femme doit céder devant un homme et le servir. Hormis cela, elle n'existe pas.

Les jeunes filles dupées n'avaient compris leur véritable situation qu'une fois arrivées à Beauvais, terminus tragique de ces esclaves du XXIe siècle. Ces gamines naïves et isolées alimentent un trafic ancestral et lucratif qui perdure, malgré les alertes des associations, les témoignages, les procès... La traite d'humains par d'autres êtres humains. Les Ukrainiennes et les Bulgares furent vendues et revendues avant même leur première nuit à Paris et aussitôt violées, battues puis tatouées, comme du bétail, sur les reins, avec le nom de code de leur souteneur. Olga, Yasmin et leurs compatriotes, elles, restèrent sous la responsabilité de Razvan, leur rabatteur.

Puis elles eurent droit à des explications laconiques sur leur avenir. Maintenant qu'elles avaient contracté des obligations envers « l'Organisation », elles étaient prisonnières. Leurs passeports confisqués, elles vivraient ensemble et travailleraient six jours par semaine, jusqu'à ce qu'elles aient remboursé leurs dettes. Celles qui tenteraient de s'enfuir seraient liquidées. Et pour leur faire comprendre qu'il ne s'agissait pas d'une menace en l'air, Razvan leur avait montré des photos explicites : celles des corps de deux femmes, dont les membres, découpés à la tronçonneuse, étaient posés sur le sol jonché de feuilles d'une forêt de l'Oise.

La suite de leur « formation » s'était déroulée sans incident.

Cette appropriation du corps et de la liberté de ces jeunes femmes n'avait de fait engendré aucune révolte. Comment auraient-elles pu imaginer pouvoir échapper un jour à leur enfer ? Leur avenir serait d'être soumises, comme avant elles, dans une certaine mesure, leurs mères, leurs grands-mères. Comme si elles étaient des choses sans droits avec, pour ultimes obligations, celles de se taire et d'obéir.

Ce cheptel humain fut, dès lors, offert à l'abattage des rencontres tarifées et protégées par des préservatifs. Le piège avait fonctionné. Il n'y aurait ni rébellion ni rêve d'évasion. Olga était déjà enceinte…

Razvan arriva au lieu de rendez-vous fixé avec Olivia, place du Trocadéro, au volant d'une vieille estafette blanche. La saluant d'un furtif mouvement de tête, il lui demanda de se glisser à l'arrière et lui ouvrit le panneau latéral. Elle s'assit à même le plancher, face à un matelas ignoble et constellé de taches. Contre les portes, du liège probablement goudronné pour mieux insonoriser le véhicule, des filets vide-poches contenant du papier absorbant, des barres de céréales et des petites bouteilles d'eau minérale. Les vitres étaient totalement occultées par des rideaux sans âge. Une couverture roulée en boule, qui n'inspirait à la jeune femme que du dégoût, finissait de poser le décor.

Olivia envoya un texto à Isabelle, sa plus proche amie, sage-femme dans son service. Elle lui donna le nom du rabatteur, la description d'Olga ainsi que les prénoms des autres prostituées qu'elle avait rencontrées lors de ses maraudes avec le bus. Elle lui demanda aussi de confier ses rendez-vous de l'après-midi à ses confrères gynécologues de la clinique, et enfin d'aller chez elle en fin de journée, car elle n'était pas certaine d'être rentrée à temps pour libérer la jeune fille au pair et faire dîner ses trois enfants. Elle ajouta que, si elle ne donnait aucune nouvelle avant vingt-deux heures, Isabelle devrait prévenir la police.

Olivia, le dos calé contre la portière du véhicule, estima que la camionnette empruntait l'avenue Henri-Martin. Puis ils bifurquèrent vers la gauche, sans doute vers le périphérique, en direction du sud. Le trafic semblait fluide et, malgré l'urgence évidente de la situation, l'homme conduisait sans embardée ni changement brutal de vitesse. Ils arrivèrent à peine vingt minutes plus tard. Dans une petite rue bordée de bâtiments gris et sans âme, proche de la Seine, Razvan se gara devant un immeuble miteux, étroit, de quatre étages, à la façade décrépite, qui devait se trouver à Boulogne-Billancourt. Ou peut-être à Sèvres ? Inquiète, Olivia essayait de mémoriser tous les détails.

Les fenêtres donnant sur la rue étaient toutes sécurisées par des barreaux. D'un geste brusque de la main, Razvan lui indiqua de le suivre et Olivia passa un premier sas, une entrée avec un code puis un hall fermé par une porte qu'il ouvrit avec l'une des clefs qui pendaient du trousseau accroché à sa ceinture. Ils montèrent ensuite un escalier sale et triste. Olivia n'entendit aucun signe de vie, aucun bruit dans les étages. À chaque palier, deux logements, dont les portes étaient entrouvertes, semblaient indiquer que l'immeuble n'appartenait qu'à un seul propriétaire. Ils parvinrent, essoufflés, au troisième niveau, dans un petit appartement probablement identique aux autres. Sur les deux canapés défoncés qui sc faisaient face, une dizaine de femmes dormaient, d'autres fumaient en silence. Razvan poussa Olivia vers une chambre.

3

Olivia se souvenait d'une jeune fille au teint pâle et aux cheveux blonds, dont le regard étonnamment clair scrutait le monde autour d'elle avec calme et intelligence. À présent, allongée sur un grand lit défait, les jambes repliées et les fesses posées sur une serviette-éponge, Olga s'agitait et gémissait tout en agrippant ses cuisses écartées. Elle était entourée d'une vieille femme, partiellement édentée, qui se lamentait dans une langue étrangère et d'une jeune fille au regard inquiet, ne parlant que quelques mots de français.

— Bonjour, madame docteur. Moi, Yasmin, cousine Olga. Elle beaucoup souffrir. Toi faire vite naître l'enfant ?

— Depuis combien de temps le travail a-t-il commencé ?

— La nuit. La vieille savoir faire sortir bébé. Mais elle dire, pas possible bébé Olga passer.

— Je vais l'examiner. Je dois d'abord me laver les mains. Apportez-moi des serviettes propres et des ciseaux. Avez-vous du désinfectant ? Le SAMU est en route ?

— Lavabos ici, lui dit-elle en désignant la porte de la salle de bains.

Et Olivia vit sur la table de chevet le strict nécessaire : savon, alcool de pharmacie et serviettes propres.

— Yasmin, avez-vous téléphoné au SAMU ? C'est urgent. Je n'ai pas ma sacoche avec moi ni mes instruments. Vous comprenez ?

La jeune fille tourna la tête vers le couloir où Razvan se tenait, l'épaule négligemment appuyée contre le mur, un mégot entre les lèvres et les jambes croisées, dans une attitude clairement menaçante. Il ne les quittait pas du regard. Olivia ne se sentait pas en danger, pourtant, rien ne lui sembla plus glaçant que cette posture faussement désinvolte.

— Moi revenir.

Razvan ne se décala pas, obligeant Yasmin à se glisser derrière lui pour accéder à l'autre pièce. Pourtant plus grande qu'Olga, plus massive, son comportement n'était qu'un condensé de crainte et de timidité.

Elle ne leva jamais les yeux sur lui.

L'enfant, mal positionné, en transverse, devait être aussi fatigué que la jeune mère. Olivia n'avait aucune possibilité de vérifier les battements du cœur ni de procéder à un accouchement dans un cadre sécurisé. Sans stéthoscope, ni scalpel, ni fil, ni aiguille. Mais elle comprenait, au peu de mouvements du bébé, qu'il y avait, sans aucun doute possible, un début de souffrance fœtale. Il lui fallait agir vite. De plus, l'épuisement visible d'Olga et ses antécédents médicaux l'inquiétaient. Olivia se souvint que, lors de ses visites dans le bus rose, elle lui avait diagnostiqué une très forte hypertension. Ce qui multipliait dangereusement les risques d'embolie pulmonaire. Elle palpa le ventre tendu à l'extrême de la jeune femme et entreprit de faire pivoter le bébé sur son axe, doucement, tout en donnant des encouragements à voix haute. Olga ne cessait de gémir et Yasmin s'approcha de sa cousine pour lui éponger le front. La vieille s'avança vers Olivia afin d'observer sa technique. Ses yeux vifs cherchaient à comprendre comment les mains de la femme médecin empaumaient complètement l'utérus, le soulevaient, le malaxaient pour encourager le fœtus à se retourner.

— Pourquoi toi parler au ventre ? s'étonna la vieille femme, intriguée.

— Parce que je crois que le bébé comprend et que s'il comprend il va m'aider.

La vieille siffla entre ses dents avec dédain et Yasmin laissa, un bref instant, un sourire soulever l'arc de ses lèvres fines. Après de longues minutes de manipulation, le bébé se retourna enfin. Olivia poussa un soupir de soulagement.

— Tout ira bien maintenant, glissa-t-elle avec un regard qui se voulait rassurant.

Les contractions purent enfin accomplir leur fonction et bientôt le col de l'utérus fut totalement dilaté. Toute pâle, ses cheveux blonds collés à ses tempes, la future mère semblait au bout de ses forces.

— Olga, il reste peu de temps avant la naissance. Vous allez respirer comme je vous le demande. Pousser en bloquant votre air. Et vous le ferez exactement au moment où je vous le dis. Ni avant. Ni après. Vous comprenez ?

D'un mouvement de tête, Olga opina.

Yasmin se plaça au plus près du visage de sa cousine

et lui murmura des paroles d'une voix douce. Des sons pourtant rauques de leur langue maternelle qui venaient du fond de la gorge de la jeune Moldave. Si Olivia ne pouvait pas en saisir le sens, elle vit pourtant Olga s'apaiser et se redresser légèrement.

— *Va fi bine acum. Va fi bine*[1].

— La naissance ne va plus tarder, le col est complètement effacé et je vois sa tête. Encore un peu de courage.

Puis, tout fut plus simple. Quelques minutes plus tard, un cri initial, d'une vitalité absolue, déchira le silence de cette fin d'après-midi printanière. Dans le salon d'à côté, les filles se levèrent dans un même mouvement joyeux et envahirent la chambre, applaudissant bruyamment et poussant des cris de joie. Olivia était épuisée mais aussi soulagée et, d'une certaine façon, heureuse. Cette solidarité spontanée et forte entre ces femmes n'était pas une découverte pour elle. La prostitution était un milieu d'une violence barbare. De la part des souteneurs, des clients, parfois même des riverains et de la police. Ces filles cumulaient tant de désavantages… Éloignées de leurs proches, sans papiers en règle, soumises à des proxénètes dépourvus de la moindre humanité, elles ne pouvaient compter que sur une nécessaire fraternité.

— Tout s'est bien passé, Olga. Votre petite fille va bien. Elle est tonique ! Reposez-vous un peu. Je vais rester auprès de vous. Mais il y a trop de monde dans la

1. « Tout ira bien maintenant. »

chambre, trop de bruit pour un nouveau-né. Comment allez-vous l'appeler ?

— Zoia. Bébé Zoia, lui répondit Olga dans un souffle. Nom de mère à moi en Moldavie. Merci, madame docteur. Gentil depuis toujours avec nous.

— Vous devez être transférée à la maternité la plus proche. Ils s'occuperont de vous et de votre petite Zoia.

Lorsqu'elle plaça l'enfant dans les bras de sa maman, Olivia perçut aussitôt la détente corporelle naturelle de celle-ci. Puis elle assista à la rencontre de leurs regards. Olga toucha la peau de son bébé, d'abord du bout des doigts, puis elle l'embrassa, émerveillée. Olivia était rassurée. Ce bébé non désiré serait aimé par sa mère. C'était déjà ça.

C'est alors qu'elle entendit Razvan appeler les femmes depuis un étage inférieur. Des paroles sèches, brutales, qui n'exigent qu'obéissance. Il y eut un brouhaha à l'étage et des pas précipités dans l'escalier en pierre. Yasmin poussa un long soupir désolé et se redressa à son tour.

— Moi aller au travail. Revenir ce soir, plus tard, dans la nuit.

— Olga a besoin de soins et le bébé aussi ! expliqua Olivia, inquiète. Il faut la transporter rapidement à l'hôpital. Elle ne peut pas rester sans surveillance médicale.

La jeune femme, baissant le regard, se contenta de lui répondre :

— Pour laver l'enfant, toi demander à la vieille.

Être l'esclave d'un homme plus fort que vous, qui peut vous soumettre et vous briser, vous étrangler à mains nues s'il le décide et savoir que rien ne vous sauvera, pas même le courage, est la première leçon que Yasmin avait apprise en arrivant en France.

Elle se dépêcha de rejoindre les autres filles.

Razvan entra alors brusquement dans la chambre. Il regarda sans émotion particulière le désordre du lit et le linge sale, taché de sang, jeté sur le sol. La jeune maman leva les yeux vers lui et un air de défi traversa son visage.

— Garçon ?

Devant le silence d'Olga, la médecin répondit d'un ton ferme :

— C'est une petite fille.

Il dévisagea Olivia. Sa voix était métallique. Il ajouta, impassible :

— Je vous ramène vers Paris. Tout de suite. Après, je suis avec les filles dans le bois, jusque tard.

— Qui reste auprès d'Olga ? Avez-vous téléphoné aux urgences ?

— Pas les urgences ici. La vieille sait faire.

— Alors je reste avec elle. L'accouchement n'est pas terminé, elle a besoin d'un médecin !

Razvan observa Olivia quelques secondes encore, puis il tourna la tête vers l'enfant blottie contre le sein de sa mère et, sans un sourire, quitta la pièce, dont il ferma la porte rapidement à double tour.

Olivia n'eut pas le temps de réagir. Elle vit que son sac avait disparu. D'un bond elle se précipita vers la porte et tambourina violemment, en vain. Comment accepter une telle inhumanité ? Razvan était le père du bébé. Olga le lui avait dit. Comment lui était-il possible de ne pas faire preuve d'un minimum de compassion, ou d'intérêt, pour la mère, le nouveau-né ? Olivia croisa le regard fatigué d'Olga.

— Viens ! Moi te dire quelque chose.

— Olga, c'est inacceptable. Vous comprenez ? Pour vous, pour votre petite fille, il faut vous enfuir et je peux vous aider.

— Merci. Tellement merci, madame docteur. Yasmin, moi et la petite, bientôt nous partir d'ici. Mais besoin de parler à toi. Et maison pour nous cacher.

— Je vais m'en occuper. Vous pouvez compter sur moi.

Olga lui sourit et caressa avec douceur la tête de sa fille.

Maintenant que son bébé était né, avec l'aide de la femme docteur, elle s'évaderait avec Yasmin. Elles se cacheraient ensemble, puis elles trouveraient un vrai travail.

Et elles essaieraient d'oublier.

4

Lors de ses visites dans le bus rose, Olga s'était fait remarquer par les médecins et les bénévoles. Il paraissait évident, en la voyant se mouvoir sur les trottoirs, élancée et souple, qu'elle était encore une enfant. Plus sûrement habituée à courir sur des chemins de terre, pieds nus, qu'à faire le tapin sur des bottes à talons. Ses cheveux blonds, fins, étaient toujours nattés de chaque côté de son visage et son nez, légèrement retroussé, accentuait une impression d'extrême jeunesse, de malice, de spontanéité charmante qu'aucun maquillage n'arrivait à atténuer. Elle dégageait aussi une sorte de dignité naturelle, que l'on percevait au premier regard, malgré les vêtements qu'on la forçait à porter. Trop moulants, trop voyants, trop échancrés, et qui attiraient l'œil et stimulaient le désir des clients de passage.

Olga, même partiellement dévêtue, réussissait à afficher une sorte de détachement dont elle tirait probablement son courage, mais qui ne la sauvait de rien.

Au nom d'une culture ancestrale de la soumission de la femme, les familles de son pays donnaient encore la préférence aux fils. Les filles, reléguées au second plan, n'avaient d'autres ambitions que de fonder un foyer, d'obéir à leurs maris, d'avoir des enfants. Une éducation conditionnée qui aidait les proxénètes à vendre leurs mensonges.

Pour Olga, cette apparente résignation, ce désintérêt subtil malgré la férocité de sa vie, était son seul moyen pour survivre. Car il ne s'agissait que de cela. Se replier sur elle-même pour durer et endurer jusqu'à l'accouchement puis disparaître enfin, avec Yasmin et l'enfant.

Jour après jour, Olga s'était raisonnée, focalisée sur son objectif. Celui de subir ces centaines de pénétrations, sans montrer sa répugnance. Celui d'obéir à des hommes méprisants, des souteneurs qui n'étaient que des sous-hommes. Tout cela, sans avoir envie d'en finir. Car perdre courage lui était plus effroyable encore que de supporter cette misère.

Bientôt, son ventre avait gêné les clients et elle attendait de plus en plus souvent dans l'estafette l'heure de rentrer avec les autres filles. Pendant ces intervalles de calme relatif, Olga avait étudié méthodiquement les différentes étapes de leur fuite. Elle savait qu'il n'y aurait pas de seconde chance. Si elles leur échappaient, ils n'auraient de cesse de les retrouver pour les tuer et montrer l'exemple ; la fuite d'une prostituée étant la seule fissure de cette organisation parfaitement huilée, car elle laissait entrevoir la liberté possible pour toutes les autres.

Jusqu'à présent, lorsque les services sociaux avaient voulu l'aider, Olga avait refusé de témoigner contre son rabatteur, Razvan. Même si une dénonciation aboutissait parfois à un titre de séjour temporaire, c'était trop dangereux. Elle avait dû attendre le bon moment, et celui-ci était arrivé. Elle était prête et la femme docteur allait les aider.

La prostitution rapportait aux proxénètes presque autant que la vente de stupéfiants. Si Olga ne comprenait rien aux chiffres, elle avait bien remarqué les voitures luxueuses de l'homme qui venait parfois faire une « vérification des compteurs » dans l'immeuble de Boulogne-Billancourt, sur le trottoir, dans le bois. Cet homme, que Razvan appelait « le *signor Kosta* » ou « le Boss », ne regardait jamais « ses filles » dans les yeux. Olga se doutait qu'il n'était question, pour lui, que de s'enrichir. Dans cette industrie du sexe, les gagneuses ne coûtaient pas très cher en entretien. Avec les plus jeunes, les proxénètes capitalisaient sur la peur. Les plus aguerries obtenaient une sorte de tranquillité, à condition de racoler suffisamment. Et les plus vieilles, « moins rentables », étaient renvoyées dans leur pays d'origine avec à peine de quoi survivre et le poids de la honte comme seul bagage.

C'était si facile. D'autant plus que beaucoup d'entre elles n'avaient aucune conscience d'être des victimes.

Les fenêtres de la pièce, toutes bloquées, ne donnaient que sur un terrain vague, sur des chantiers d'immeubles en construction puis sur la Seine. Sans son sac, dans lequel était rangé son téléphone, Olivia ne pouvait prévenir ni les pompiers, ni les urgences, ni son service. Son amie Isabelle donnerait sûrement l'alerte à la police, mais à partir de vingt-deux heures, comme Olivia l'avait précisé. Elle fulminait.

Prenant son mal en patience, elle observa le décor autour d'elle. Dans la chambre, la vieille, assise sur le bord du lit, regardait Olga dormir. Dans ses bras maigres mais étonnamment musclés encore, le bébé aussi reprenait des forces.

Tout semblait calme. Cela faisait au moins deux heures maintenant qu'Olivia patientait, attendant d'être délivrée de cette situation absurde. Elle avait faim et bouillait d'une rage contenue qu'elle n'avait pas ressentie depuis longtemps.

La petite chambre était propre, le placard entrouvert, bien rangé, avec des piles de pulls classées par couleurs et des dizaines de chaussures, aux talons vertigineux, mélangées dans une boîte molle posée sur le sol. Le grand lit, encombré de toutes sortes de peluches, occupait presque tout l'espace. Sur les murs, il n'y avait qu'une photo, grand format, collée à même le papier peint décoloré. Olivia y voyait un homme et une femme au regard clair, devant un champ de blé récemment moissonné. Sur la partie droite du cliché, des bottes de foin s'alignaient. Devant le couple, deux adolescents souriants se tenaient par la main. Il se dégageait quelque chose de si naturel dans leur attitude. C'était une famille de paysans, des travailleurs de la terre, humbles et courageux, comme il en existe encore dans presque tous les pays du monde. Olivia reconnut immédiatement Olga, posant avec sa famille sous un beau ciel bleu. À ses pieds, un chien dormait sur le sol, des poules picoraient les grains abandonnés par terre. Olga devait avoir quinze ans sur la photo. Un souvenir poignant qu'elle avait dû glisser dans ses bagages lorsqu'elle avait quitté son village et les siens.

Une vie anonyme et paisible, brisée par la barbarie des hommes.

À bout de nerfs, Olivia se mit à pleurer en silence. De tristesse et de lassitude. Combien de temps encore serait-elle le témoin de tant de drames ?

Assise sur une chaise inconfortable près du lit, elle réfléchit à la façon dont elle pourrait aider Olga et sa fille. Et, par la même occasion, comment neutraliser ce Razvan, l'homme qui gérait les prostituées. Elle n'était dupe de rien : les proxénètes sont souvent bien introduits dans la police, chez les magistrats et même dans les milieux politiques. À chaque fois, c'est la même histoire que les victimes racontent aux associations qui les accompagnent et les soutiennent. Pourtant, rien n'est fait pour décapiter les têtes pensantes, bloquer leurs comptes en banque ou confisquer leurs voitures de luxe. Comment accepter encore que les lois ne soient pas respectées ? Depuis une dizaine d'années, Olivia suivait des prostituées du bois de Boulogne, dans le bus rose de l'association. Malgré la présence constante des bénévoles, leurs alertes auprès des forces de l'ordre, leurs revendications, rien ne faisait significativement reculer cette criminalité. Pour toute femme vulnérable et en danger, les solutions de protection n'étaient encore que peu appliquées. L'action publique, trop confuse, restait désespérément sporadique.

Mais il y avait peut-être quelques pistes à envisager, des amis à solliciter, des réseaux associatifs pour proposer des solutions ou un lieu d'accueil provisoire. Une de ses connaissances qui travaillait à la Direction centrale de la police l'accompagnerait dans les démarches légales possibles. Olivia céda à sa fatigue et somnola un moment.

Soudain, le calme relatif de cette fin de journée fut troublé par une plainte, encore faible, qui réveilla la médecin. La jeune accouchée gémissait et, quand Olivia posa les yeux sur elle, la douleur déformait déjà ses traits. Au rythme de ses inspirations, elle remarqua qu'Olga se tenait les côtes thoraciques, comme si la lame d'un couteau s'enfonçait dans son flanc. Puis sa respiration reprenait, mais dans un rythme saccadé et préoccupant. Elle s'approcha d'elle, le regard soucieux, et ausculta avec attention ses jambes. Son mollet gauche était formellement gonflé et son diagnostic fut immédiat. Sans anticoagulant, qui dissout les caillots sanguins, la maman allait succomber à une embolie pulmonaire massive, relativement fréquente après un accouchement difficile. Et surtout avec une forte hypertension jamais soignée.

Le cœur battant, Olivia se précipita vers la porte et essaya de la forcer. Sans résultat. Elle se dirigea alors vers la fenêtre, mais la poignée avait une serrure et, quand Olivia tenta de l'ouvrir, la vieille lui dit : « Fenêtre bloquée aussi. » Son esprit évaluait tous les risques de la situation : la tension artérielle importante de la jeune femme, le manque de matériel médical, le temps qu'il lui restait pour la sauver. Elle enregistra l'accélération de l'activité cardio-respiratoire d'Olga. Son corps se mit en alerte maximum et un vertige lui confirma qu'elle était sur le point de perdre le contrôle. Alors, Olivia s'immobilisa au milieu de la pièce, paralysée par son impuissance.

D'un mouvement spontané, la vieille, toujours vigilante, se leva pour prendre le nourrisson dans les bras. Puis elle recula dans un angle de la chambre, comme pour ne pas déranger la médecin. Son regard fixe n'exprimait ni la crainte ni l'inquiétude, mais la douce résignation d'une femme âgée habituée aux épreuves.

Pour Olivia, il n'était pas question de se laisser submerger par la panique. Elle retourna rapidement au chevet d'Olga et, pour tenter de retarder l'inéluctable, lui massa les chevilles avec force, cherchant à améliorer le retour du sang vers le cœur. Et, si un miracle était possible, à dissoudre avec la puissance de ses doigts l'embolie assassine.

Olivia avait très tôt appris, dans les couloirs des hôpitaux, la bonne distance face aux patients. Il n'était pas envisageable, ni même professionnel, de se laisser envahir par des émotions inappropriées. Dans son quotidien de médecin, et aussi dans sa vie personnelle, les drames l'avaient préparée aux chaos mais pas à cette violence inhumaine et pourtant banale. Le visage inondé de larmes, déjà vaincue sans avoir pu combattre, elle se laissa glisser au sol, tout près d'Olga. La mort était là, patiente et vorace. Invisible et oppressante. Alors, Olivia renonça tout à fait. Et, avec d'infinies précautions, entoura la jeune femme de ses bras maternels.

— Je suis là, Olga, vous n'êtes pas seule. Je suis là avec vous.

Pitoyables recours. La nuit venait d'envahir l'horizon quand Olga poussa un dernier cri, presque étouffé dans les plis du drap qu'elle serrait entre ses dents. Il ne lui restait que quelques secondes à vivre. Elle attrapa le poignet d'Olivia, chercha à lui parler. Des mots affolés, articulés avec peine.

— Bébé Zoia. Toi la sauver.

Puis elle se cabra violemment, son cœur cessa de battre. Elle expira un long râle, une plainte sourde mais pourtant assourdissante, dont l'écho accompagnerait longtemps les nuits d'Olivia.

5

Dans la chambre où résonnait à présent un silence hébété, la vieille récitait une prière à voix basse, se balançant étrangement d'avant en arrière, son chapelet dans la main gauche. Olivia, terrassée par le choc, demeura un long moment assise sur le sol de la chambre, se demandant amèrement ce qu'elle aurait dû risquer, même d'extrême, pour que cette jeune Olga vive. Pour alléger le fardeau de son existence misérable et celui de toutes ces autres, ombres légères et fugaces, qui ne comptent pour personne ou si peu, privées de douceur ou de compassion. Comment les arracher enfin à cette soumission, à cette acceptation immémoriale de la violence ? Se pourrait-il qu'il y ait un jour une fin à cela ? Un changement durable des mentalités, en France, en Europe, partout dans le monde ?

Le déchaînement d'émotions qui envahissaient à présent son esprit venait d'une indignation qu'elle ne pouvait plus contrôler. Elle se releva péniblement, des larmes plein les yeux et vibrante d'une rage qui faisait trembler ses jambes, et décuplait ses révoltes d'enfant. Elle attrapa la chaise en formica, dont les pieds en acier lui semblèrent solides, et la propulsa de toutes ses forces contre le chambranle de la porte qui céda, après plusieurs assauts, se fracassa et vola en morceaux.

Elle porta un dernier grand coup de coude au centre et agrandit ainsi la fracture du bois, passa sa main dans la brèche et réussit à tourner la clef, restée dans la serrure à l'extérieur. Elle attrapa son sac au vol, posé dans le couloir, sur une chaise. Dans son agitation extrême, elle ne se préoccupait plus que de cela, fuir cet immeuble, dévaler l'escalier, trouver un accès vers la rue et courir vers le commissariat le plus proche où elle ferait une déposition, dénoncerait ce Razvan qui croupirait enfin derrière les barreaux.

C'était à cause de lui et de lui seul que la situation avait évolué de façon aussi tragique. La toute-puissance de cet homme serait condamnée grâce à elle. Il finirait en prison, le réseau de prostitution serait sans doute démantelé. Et surtout, surtout, elle n'aurait jamais la mort d'Olga sur la conscience.

En descendant les premières marches, Olivia n'était déjà plus en capacité de réfléchir posément, prête à se jeter vers la sortie la tête la première, sans réaliser qu'elle était encore prisonnière. La vieille, qui l'avait suivie, lui agrippa le bras et cria.

— Toi, pas pouvoir sortir. Écoute !

Olivia, arrêtée subitement dans sa fuite, chercha à se défaire de l'emprise des doigts, cramponnés à sa manche, comme les serres d'un oiseau de proie. Elle la bouscula sans ménagement et força le passage. Mais la pauvre femme édentée au regard triste maintenait son poignet avec force. Alors, Olivia cessa de se débattre et lui fit face.

Elles se regardèrent un long moment. Les mots étaient inutiles. Olivia comprit intuitivement ce que cette femme sans âge tentait de lui dire de son regard suppliant : une requête primitive qui consistait à sauver une petite fille de la brutalité des hommes, de la servitude et de la misère certaine. Olivia, sidérée, resta immobile quelques secondes, ses facultés de raisonnement momentanément ébranlées. Alors, la vieille profita de sa confusion et lui déposa avec douceur, au creux de ses bras, le nouveau-né emmailloté dans le drap taché de sa naissance.

Dans l'esprit de la jeune femme, deux angoisses contradictoires altéraient son jugement. Il s'agissait toujours de cette même question obsédante depuis l'enfance. Agir ou laisser faire ? Fuir ses souvenirs de petite fille abandonnée à son sort dès la naissance ? Ou réparer cette injustice en choisissant le chemin de la résilience ? Et plonger alors corps et âme dans cette illusion magnifique de toute-puissance ?

D'un côté, la décision sensée, qui condamnait le bébé de la jeune prostituée et n'impacterait en rien son existence. De l'autre, un choix irrationnel – accepter la supplique aberrante de la vieille – qui la ferait basculer dans une vie d'intranquillité.

L'attachement est un besoin primaire, inné chez l'homme, et la petite Zoia, tournant son visage vers elle, chercha de sa bouche à téter. Comme pour lui signifier ainsi sa plus totale vulnérabilité. Alors Olivia capitula.

La vieille se pencha pour embrasser la petite sur le front et lui fit le signe de la croix. De lourdes larmes roulaient dans les sillons de ses rides, traversant ses joues comme l'eau se fraye un passage dans les failles des terres les plus asséchées. Puis la vieille femme dirigea Olivia sans un mot vers le rez-de-chaussée, força une fenêtre qui donnait sur l'arrière-cour d'un autre immeuble et un local poubelles malodorant et aida la jeune femme à se glisser, avec la petite Zoia, vers l'extérieur, à travers deux barreaux plus espacés que les autres.

Alors Olivia serra Zoia contre elle et se mit à courir dans la nuit claire.

Lorsqu'elle arriva enfin chez elle, son amie Isabelle était postée devant la fenêtre du salon et scrutait le va-et-vient des voitures dans la rue. Il était presque vingt-deux heures. Sans nouvelle, anxieuse, elle s'apprêtait à téléphoner à la police lorsqu'elle avait vu un taxi s'arrêter en bas de l'immeuble et Olivia en descendre. Isabelle lui avait ouvert la porte d'entrée avec, dans son regard étonné, une sorte de vigilance concentrée qui n'appartenait qu'à elles. Olivia s'abandonna sur le canapé en tremblant, tenant contre elle le bébé, qu'elle ne voulait déjà plus lâcher.

Et c'est avec le plus de concision possible qu'elle décrivit les enchaînements dramatiques de la soirée.

6

Olivia et Isabelle étaient liées par la vie difficile, âpre, dévastatrice, sans la moindre tendresse, qu'elles avaient dû affronter jusqu'alors. La première était née d'une mère alcoolique, inconséquente qui l'avait abandonnée. La seconde, sortie du ventre d'une ogresse obèse et brutale, qui n'avait jamais rien fait d'autre que la maltraiter sous les yeux indifférents d'un père dépassé. Jusqu'à ce que leur fille leur soit retirée par les forces de l'ordre puis confiée à un foyer de l'enfance de sa région.

Un matin d'été, la petite Isabelle avait fait l'objet d'une nouvelle décision judiciaire. Son ordonnance de placement devait être réétudiée par le juge qui avait aussi demandé à l'auditionner pour évaluer ses fragilités, ses capacités à se remettre. Une assistante sociale avait accompagné la fillette, sans lui préciser ce qu'on attendait d'elle. Le juge, pressé mais souriant, caché derrière un bureau imposant et des piles de dossiers de différentes couleurs, entassés maladroitement les uns au-dessus des autres, lui avait alors expliqué qu'elle vivrait dorénavant dans un nouveau foyer, choisi pour elle, à l'autre bout du département, et dans lequel habitait déjà une petite fille. Isabelle avait laissé échapper un « oui », comme un murmure, un tout petit consentement, timide et néanmoins plein d'espérance.

Après un long trajet en voiture, elle était arrivée sur la place d'un village où une femme corpulente au sourire doux et une fillette blonde prénommée Olivia l'attendaient en se tenant par la main.

Les deux enfants venaient de fêter leurs dix ans. Première rencontre qui scella pour toujours leur destin.

Isabelle et Olivia étaient si différentes. L'une avait les yeux noisette, la peau mate, des cheveux châtains coupés court et de longues jambes maigres. L'autre affichait un teint pâle, deux jolies nattes blondes tressées de chaque côté du visage, des pommettes rondes et des pupilles d'un bleu sombre. Pourtant, elles surent, instinctivement, à la seconde même où leurs regards se croisèrent, qu'elles ne se quitteraient plus jamais.

Jusqu'alors leurs jours et leurs nuits n'avaient été ponctués que de désillusions, d'attente, d'inquiétude et de coups. Soudées par un besoin compréhensible, et sans doute excessif, de stabilité affective, elles avaient partagé leurs premiers moments de douceur et de joie. Dans une nouvelle maison où elles manquaient de tout, sauf d'amour et de rires, enfin aimées par celle qui deviendrait bientôt leur mère adoptive, elles avaient amorcé leur reconstruction. Vigilantes l'une envers l'autre, elles avaient réparé toutes les déchirures de leur petite enfance. Ou presque…

Dans leur village, à Esparon, au cœur des Cévennes sauvages, tous les habitants étaient pauvres et la vie quotidienne des deux fillettes consistait à s'occuper du verger, à vendre les fruits au marché du Vigan à la belle saison et à aller à l'école, où elles devaient exceller. Durant le trajet, qui durait quarante minutes, à pied puis en car pour rejoindre la grande ville, elles discutaient entre elles sans vraiment s'intéresser aux autres. L'école, le collège et le lycée étaient dans la même rue et, pendant toute leur scolarité, elles y avaient croisé les mêmes copains, les mêmes amoureux, tous habillés des mêmes vêtements basiques et confortables, jusqu'au bac.

À leur arrivée à la faculté de médecine de Montpellier, la réalité les avait rattrapées, elles avaient dû s'adapter et, pour la première fois, s'ouvrir aux autres. Dans les salles de cours et les cafés, elles se mêlèrent à différents groupes d'étudiants, amusants, séduisants. Elles les observèrent pour tenter de les comprendre afin d'intégrer leurs motivations, leurs codes, leur langage. Une curiosité nécessaire qui avait eu pour effet d'élargir leur minuscule horizon. Les deux petites filles apeurées étaient devenues des jeunes femmes ambitieuses. L'une solaire ; l'autre, par choix, toujours invisible.

Pour Olivia, la découverte de ce monde nouveau avait été relativement violente et une lente et profonde métamorphose s'était mise en place. À présent, elle s'habillait avec goût, attentive à ne rien laisser percevoir de ses origines modestes. Elle se montrait acharnée à réussir, à se hisser au même niveau d'études que les futurs médecins qu'elle croisait. Elle, que sa mère n'avait jamais regardée, prenait un soin maniaque à étudier ses tenues, à les pimenter d'accessoires judicieux, afin de mieux se faire remarquer. Quand sa silhouette fine, à la démarche élégante, arpentait les couloirs de la fac, des yeux masculins la suivaient et la détaillaient sans retenue, car elle était belle. Olivia ne se lassait pas d'être invitée aux soirées, d'être convoitée par un grand nombre d'étudiants et appréciée par ses professeurs. Sous leurs regards et leur admiration, Olivia trouvait enfin sa place.

Pour Isabelle, au contraire, l'uniforme basique de leur adolescence demeurait une protection, qui l'engloutissait dans une conformité nécessaire à son équilibre. Personne à la fac n'avait vraiment posé ses yeux sur le visage, les jambes ou les fesses d'Isabelle pour avoir un avis sur son physique. Elle s'habillait chaque jour comme elle s'était habillée la veille. Sans aucun goût pour la sophistication. Un jean, un pull noir, des chaussures noires, peu importe la saison. Mais un immense sourire éclairait l'ensemble.

Plus tard, sa vie amicale était restée résolument inexistante. Son métier de sage-femme correspondait à ses attentes. Les futures mères se succédaient dans son agenda, accaparaient quelques mois tout l'espace, réclamaient sa sollicitude, son expérience, son sérieux, puis disparaissaient, leur nouveau-né dans les bras. Ainsi, Isabelle ne risquait jamais de s'attacher à quiconque d'étranger à son monde. Seuls Olivia et ses enfants comptaient.

Cette nuit de mai, assises l'une à côté de l'autre dans le salon plongé dans la pénombre, elles demeurèrent un long moment enlacées, sans parler. Olivia avait eu besoin de puiser dans l'étreinte forte d'Isabelle, une nouvelle preuve de leurs liens pour reprendre peu à peu son sang-froid.

Alors, les deux amies étudièrent en détail la situation, toutes les solutions envisageables, et trouvèrent une issue satisfaisante pour sauver cette enfant que la fatalité avait mise sur leur route. Un moyen légal et imparable pour que Zoia soit déclarée comme étant la fille biologique d'Olivia.

Gamines, Isabelle et Olivia n'avaient pas eu les mêmes règles du jeu que les enfants qu'elles avaient côtoyés. Elles avaient enduré des injustices, n'ayant eu aucun moyen de s'appuyer sur l'amour et la protection d'un proche, adulte et bienveillant. Les mères, les pères, les familles étaient souvent à l'origine des drames et les seules possibilités de ces petits étaient de se résigner, d'obéir. Et d'essayer de grandir en acceptant ce sentiment d'inégalité et d'abandon qui les oppressait. La désobéissance n'était jamais admissible. C'était une violence ordinaire, invisible, inacceptable et pourtant si difficile à dénoncer.

Petites, aucun des adultes référents, pourtant censés veiller sur Olivia ou Isabelle, ne leur avait donné la chance de raconter leur détresse et leurs peurs. Aucune des assistantes sociales n'avait capté leur désarroi, leur fragilité, pour la simple raison que leurs familles d'accueil, selon leurs critères, avaient été acceptables. Mais quelles sont les limites de l'acceptable lorsque l'on est une petite fille sans défense ?

Fatalement, selon leurs parcours respectifs, elles avaient appris à évaluer les personnes investies d'un droit sur elles, et donc à s'adapter, à louvoyer. À disparaître si le danger était trop grand. Seules l'obstination et l'endurance, au fur et à mesure de leurs défaites et de leurs chagrins, les avaient aidées à trouver des réponses satisfaisantes. À présent, Olivia et Isabelle ne comptaient plus que sur elles-mêmes. La loi, les institutions ne les avaient protégées de rien. Il était donc assez cohérent qu'elles veuillent arracher la petite Zoia à cette dévastation inévitable, sans l'aide ou les conseils de quiconque.

Olivia pleurait en silence sur le canapé et Isabelle se demanda ce que pouvaient exprimer ses larmes. Ce n'était ni la colère ni la détresse ; peut-être, malgré les apparences, son amie traînait-elle encore une vulnérabilité indélogeable qui la faisait vaciller ? Ce bébé fragilisait, déstabilisait déjà cette dignité de façade qu'elle s'était acharnée à édifier. Isabelle s'approcha et entoura le bébé et son amie de ses bras.

Olivia se moucha bruyamment et se pencha vers Zoia, minuscule, si calme, pourtant en éveil.

— Elle est belle, cette petite fille, murmura-t-elle. Toute fine et si pâle surtout. C'est encore plus crédible. Elle ressemble un peu à Emma à la naissance. Ce sera plus facile.

— Plus facile pour convaincre tout le monde, oui. Mais ça n'empêche que tu entres dans une grande zone de turbulences.

— Je n'ai pas le choix. Que veux-tu que je fasse, Isabelle ?

— Il est encore temps d'aller au commissariat.

— Je ne peux pas. Tu imagines un peu ce qu'elle risque ? Elle aura la même trajectoire que nous, orphelinat, familles d'accueil, foyers.

— Ce n'est pas ton problème, Olivia !

— Si. Justement. Ce type, Razvan, n'a aucune compassion pour personne. Ce bébé va être bousillé s'il la récupère.

— Tu ne dois rien à cette prostituée. Tu n'es pas responsable de sa mort. Et tu dois arrêter de croire que tu vas sauver tous les enfants du monde. C'est enfantin, puéril, et je le répète, dangereux.

— Je sais. Pourtant, il n'est pas question que je la laisse.

Isabelle se leva et s'approcha de la fenêtre. Les lumières de l'appartement étaient toujours éteintes et le silence de la nuit accentuait la tension ambiante. Toutes les deux savaient que leur décision déterminerait le reste de leur vie. Mais il était trop tard pour renoncer. Isabelle comprit, dans le regard las de son amie, qu'elle ne reculerait plus. La mort de la jeune Olga était le plus indéfectible des serments.

Olivia se leva à son tour, le bébé dans les bras, et ouvrit ses placards pour se préparer un thé. Elle attrapa les quelques gâteaux que ses enfants avaient laissés traîner dans la cuisine.

— Il va falloir la nourrir, cette petite. Elle risque de hurler bientôt.

— Bientôt, oui. Elle a juste pris le sein de sa mère tout à l'heure et je pense qu'elle a avalé un peu de colostrum.

Olivia but son thé, perdue dans ses pensées. Elle percevait de plus en plus souvent toute la fragilité de sa vie. Cet assemblage de prouesses, accomplies au fil du temps, qui ne changeaient pourtant rien à sa vulnérabilité. Ni ses enfants, ni son travail, ni Isabelle, ni son réseau d'amis, ni ses responsabilités, ni ses engagements n'avaient effacé cette vérité factuelle. Elle avait été rejetée, effacée de la vie de sa mère et personne, jamais, ne lui avait apporté une réponse apaisante. Elle se remit à pleurer. Isabelle gardait les yeux posés sur elle.

— Quelle espèce d'enfoiré de merde. Non, mais putain ! Quelle ordure !

Olivia se surprit à sourire, relâchant un peu sa tension devant la réaction spontanée d'Isabelle.

— Oui, une belle ordure, glaciale. Tu sais, les filles qui travaillent pour lui ne le regardaient jamais dans les yeux. Elles vivent dans une peur constante.

— Bon, on y va ! lança Isabelle. Écris un mot à tes enfants. Demande à Emma de me téléphoner si l'un des garçons se réveille et te cherche. On va laisser le message sur la table de la cuisine et les lampes allumées cette nuit.

Après avoir calé le bébé dans un pli du canapé, Olivia attrapa quelques affaires qu'elle glissa dans un sac.

— J'espère que tout se passera bien…

Puis elles appelèrent le SAMU.

7

— Bonjour, Isabelle Pasquet à l'appareil. Je suis sage-femme à la clinique du Trocadéro à Paris. Je viens de procéder à un accouchement à domicile. Tout s'est bien passé. Pas d'urgence vitale, j'ai juste besoin que vous transportiez la mère et l'enfant à la maternité. C'est possible pour vous ou je dois téléphoner à un taxi ?

— Pas de problème particulier ?

— Non. Toutes les deux se portent bien. Mais c'est un déni de grossesse, à vingt-huit semaines d'aménorrhée. Je dois les faire hospitaliser pour un suivi médical approprié. Probablement psychologique aussi.

— Ah OK. On vous envoie une équipe immédiatement. Donnez-moi l'adresse.

Isabelle donna les informations demandées avec calme, et raccrocha. Elle s'accorda quelques instants de concentration puis téléphona à l'accueil de la clinique du Trocadéro.

— Bonsoir. C'est Isabelle Pasquet.

— Salut, Isabelle, c'est Maryse au standard.

— Peux-tu me passer le médecin de garde, s'il te plaît ?

— Quel service, Isabelle ? Urgences, gynécologie, obstétrique ?

— Maternité. C'est qui ce soir ?

— Le patron. C'est le docteur Pouvreau qui est de garde. Je te le passe.

Isabelle sentit que son cœur s'affolait sous l'effet du stress, aussi s'obligea-t-elle à prendre une grande inspiration. Elle jeta un bref regard vers Olivia pour juger de sa totale implication. Comme un pacte, un mécanisme d'entraide mille fois expérimenté entre elles et sans risque de défaillance. S'accrochant à cette certitude, la sage-femme expliqua le plus posément possible au docteur Pouvreau, que sa consœur, le docteur Olivia Bapst, souffrait depuis le début de l'après-midi. Des maux de ventre inexpliqués. Elle était passée la voir dans son appartement en fin de journée et, jugeant son état préoccupant, était restée avec elle, suspectant des troubles intestinaux intenses. En début de soirée, les spasmes étaient devenus de plus en plus violents et surtout étonnamment réguliers. Isabelle avait alors compris, en l'auscultant, qu'il s'agissait d'un accouchement. Le travail avait été rapide et le bébé était né à vingt-deux heures et dix-huit minutes. Tout allait à peu près bien, sauf qu'Olivia, choquée, devait être hospitalisée sans délai. Le docteur Pouvreau, ancien chef de clinique, assistant des Hôpitaux de Paris, service de chirurgie gynécologique et de gynécologie obstétrique à l'hôpital Lariboisière, officiait depuis plusieurs années, en tant que responsable maternité de la clinique privée du Trocadéro. C'était une pointure, un vieux de la vieille, rigoureux et compétent. Si elles réussissaient à lui faire admettre l'insolite de la situation, il n'y aurait plus aucun danger.

Isabelle, l'oreille vissée à son appareil, entendait juste la respiration du docteur. Il ne souhaita pas poser de questions plus précises, car il lui sembla sans doute déplacé de demander des détails par téléphone. Et il ne voulait en aucun cas être susceptible de blesser sa jeune consœur, qu'il estimait beaucoup. Il savait qu'Olivia était une enfant de l'Assistance publique. Elle lui avait brièvement raconté son histoire. Elle n'avait gardé de sa petite enfance que des souvenirs fugaces, de déchirements, de déceptions et de mensonges.

— Bon, mais globalement, comment va-t-elle ? s'inquiéta-t-il.

— Je ne sais pas. Elle est prostrée. Cette grossesse est impensable pour elle. Docteur Pouvreau, je ne comprends pas comment je n'ai rien deviné. Je suis sa plus proche amie et je la vois tous les jours.

— Vous le savez, il y a un tel clivage entre les faits et la perception. Si elle ne l'a pas compris, admis, comment aurions-nous pu, nous, le remarquer ? Et le bébé, comment va-t-il ?

— C'est une petite fille. Elle va bien.

— Vous devez savoir que lorsque le déni de grossesse perdure jusqu'au terme, le choc psychologique est sans conteste plus intense. Il faut être vigilant. Nous allons l'hospitaliser ici, à mon étage. Ne vous inquiétez pas. Même si c'est un symptôme important à prendre en compte, ce n'est pas une pathologie. Elle va se remettre, nous allons y veiller.

— Merci, docteur. J'ai appelé le SAMU, ils arrivent. Je veille sur elle et m'occupe des soins du bébé. Et je viendrai vous voir si vous n'êtes pas trop occupé cette nuit.

Une fois qu'il eut raccroché, l'esprit cartésien du docteur et le flux de ses réflexions l'amenèrent tout naturellement à réfléchir. L'hypothèse était simple. Ce déni de grossesse, si tardif, ne pouvait être que l'expression logique des conflits psychologiques d'Olivia. Une réponse factuelle à ses propres origines. Son enfance chaotique expliquait peut-être le refus de cette nouvelle maternité, ni anticipée, ni acceptée, ni envisagée, ni reconnue et dont toutes les manifestations avaient été comme bloquées. De plus, sachant Olivia célibataire avec déjà trois jeunes enfants, il supposa que cette grossesse fantôme était aussi l'expression de son stress. Il savait ses difficultés à maintenir un équilibre entre sa vie professionnelle, familiale et un quotidien dense, des responsabilités écrasantes, aggravés par une charge mentale et financière trop lourde à porter seule.

— Voilà, voilà, marmonna-t-il. Ces mères isolées qui encaissent et supportent sans se plaindre. C'est de la torture pure et simple. Elles se doivent d'être toutes-puissantes et n'ont aucune échappatoire. C'est désolant, vraiment désolant.

Il se demanda aussi comment le docteur Bapst avait pu nier à ce point cette gestation, d'un point de vue psychique. C'était très intéressant, voire étonnant, elle, une professionnelle si expérimentée. Ce n'était pas la première fois qu'il était confronté à un déni de grossesse, mais il connaissait peu les rouages de ce mécanisme mental mystérieux sur lequel d'ailleurs personne ne savait émettre une hypothèse définitive. Contrairement aux idées reçues, ces dénis de grossesse pouvaient toucher des femmes de tous âges, de tous milieux socio-économiques, de tout niveau intellectuel, qu'elles soient déjà mères ou pas. Il se souvint de cette jeune femme, sympathique, dynamique sur le point de se marier. Elle était arrivée aux urgences, persuadée d'avoir une crise d'appendicite. Son fiancé, hilare, blaguait sur leur nuit de noces probablement compromise. Jusqu'à ce que le médecin de garde les expédie in extremis au pôle maternité et que leur bébé y soit réceptionné dans la panique la plus totale.

Sur son ordinateur, il vérifia les toutes dernières statistiques sur le sujet : « Les dénis de grossesse concernent en France jusqu'à 3 naissances sur 1 000 chaque année. » Des femmes qui, comme le docteur Bapst, accouchaient sans n'avoir jamais pris conscience de leur état. C'était à la fois relativement courant et tout à fait extraordinaire. La plupart d'entre elles avaient un ventre plat, même enceintes de neuf mois, et mettaient au monde des bébés dont le poids était conforme. Dans le flot de ses réflexions, il se dit qu'il serait intéressant de préparer ses équipes à l'accueil psychologique de ces cas. Il en parlerait avec ses confrères et associés. Non, décidément, ces réactions inappropriées, ces abstractions protectrices qu'invente le cerveau gardaient encore une grande part de mystère. C'était fascinant.

Le docteur Pouvreau éteignit son ordinateur, se leva de son bureau pour se diriger vers l'espace des infirmières de garde. Il était bien plus préoccupé par l'état psychologique d'Olivia qu'intrigué par la situation. Aucun doute n'effleura son esprit quant à la véracité de son histoire. La suspicion ne faisait pas vraiment partie de son mode de pensée. Il rejoignit l'équipe fixe des puéricultrices et des infirmières, occupées à leur service de nuit.

— Merci de préparer la grande chambre du service. Le docteur Bapst vient de nous faire un déni de grossesse, à terme. Inutile de vous préciser qu'elle est en état de choc. Que personne ne l'emmerde. Je compte sur vous pour la protéger des cancans habituels de la clinique. C'est Isabelle Pasquet qui va la suivre. Ce dont elle a le plus besoin, c'est d'un psychiatre, nous demanderons au docteur Félicie Meaudre de passer la voir demain matin.

8

Le SAMU n'allait pas tarder. Il ne fallait en aucun cas que les médecins urgentistes montent chez Olivia, dont le salon, parfaitement ordonné, aurait pu éveiller les soupçons. Isabelle, Olivia et Zoia dans ses bras descendirent par l'ascenseur pour aller au-devant de l'ambulance, qui se gara quelques instants plus tard devant l'immeuble. Olivia, feignant l'épuisement, s'allongea sur le brancard avec le bébé tout contre elle. Le médecin urgentiste se contenta de vérifier leurs constantes vitales et de les protéger d'une couverture de survie. Il était vingt-trois heures et neuf minutes quand elles furent déposées devant l'entrée des admissions de la maternité du Trocadéro. Isabelle, qui les avait précédées en voiture, attendait déjà devant l'accueil. Elle vit Olivia descendre du véhicule de secours, tout doucement ; son visage exprimait la désolation. Isabelle en fut touchée. Leur décision les mettait en danger toutes les deux. La moindre erreur pouvant être lourde de conséquences, elles devaient donc maîtriser leurs mots et leurs gestes afin de ne pas éveiller la méfiance. Les images de surveillance de la clinique filmèrent chacun de leurs mouvements. Olivia se déplaçait avec précaution, le corps légèrement plié vers l'avant, le nouveau-né contre sa poitrine, avec une démarche hésitante qui semblait douloureuse. Un infirmier du SAMU la maintenait par le bras et portait son sac. Isabelle était attentive au moindre détail et, jusque-là, la situation lui semblait crédible. Rassurée, confiante, elle se tourna alors vers Olivia.

— Je vais porter ton sac. Tiens-toi à mon bras, on y va.

Maryse, la responsable de l'accueil des urgences, enregistra, interloquée, la prise en charge du docteur Bapst en maternité. Isabelle alla chercher un fauteuil roulant pour y installer son amie. Zoia n'était plus totalement étrangère à l'agitation qui l'entourait. Elle avait ouvert les yeux, tournant instinctivement la bouche vers la peau qu'elle percevait tout près d'elle. Isabelle appuya sur le bouton de l'ascenseur et actionna le monte-charge, dont l'usage spécifique était réservé au personnel soignant. La porte s'ouvrit sur le couloir du secteur d'hospitalisation qui desservait les suites de couches et les grossesses pathologiques. L'étage se composait notamment de huit lits, dont cinq en chambres individuelles classiques, deux en chambre double et un en chambre-suite, avec vue sur le jardin. Isabelle connaissait par cœur ce secteur, à proximité immédiate du bloc opératoire et qui faisait face à celui des naissances où elle travaillait chaque jour. Le docteur Pouvreau les vit arriver mais, par délicatesse, évita d'aller à leur rencontre. Elles poussèrent, avec un immense soulagement, la porte de la plus grande chambre de la division.

Olivia et Isabelle collaboraient souvent en équipe, mais Isabelle gérait et accompagnait ses patientes, depuis la déclaration de grossesse jusqu'à la délivrance et travaillait avec tous les médecins accoucheurs de la clinique, pas seulement avec Olivia. Appréciée des infirmières des différents services, elle était reconnue pour son sérieux et sa fiabilité, ce qui allait considérablement les aider à ne pas éveiller de doutes.

Pendant qu'Olivia installait ses affaires, Isabelle se chargea de Zoia pour l'ausculter, lui donner un bain, nettoyer et traiter le cordon ombilical et la peser, l'habiller avec l'un des pyjamas de réserve du service et, enfin, la nourrir, car la petite se contorsionnait, à la recherche d'un sein à téter. En donnant son biberon à Zoia, Isabelle étudia pour la première fois son petit visage. Elle avait la peau très pâle et les cheveux blonds, plus blonds que ceux des enfants d'Olivia à leur naissance. Elle se rassura : n'était-il pas plus facile d'accepter l'idée que le docteur Olivia Bapst ait fait un déni de grossesse que d'imaginer qu'elle recueillait le bébé d'une prostituée, morte en couches quelques heures auparavant, aux portes de Paris ? Il était donc probable qu'elles aient réussi la première étape de leur subterfuge. Elle soupira et se massa la nuque en insistant sur les points de crispation. Elle était nouée par le stress.

Une fois Zoia rassasiée, elle remplit le certificat de naissance conformément à la procédure. « Je soussignée, Isabelle Pasquet, atteste que madame Olivia Claire Emmanuelle Bapst, née le 19 juin 1977, a accouché, à son domicile, de père inconnu, d'un enfant de sexe féminin, le dix-huit mai 2014 à vingt-deux heures et quarante minutes. Certificat établi à la demande de l'intéressée et remis en main propre pour faire valoir ce que de droit. Fait à Paris, 75016, le dix-huit mai 2014 à vingt-trois heures cinquante-cinq ». Zoia Olga Isabelle Bapst était à présent officiellement la fille d'Olivia.

Le lendemain matin, quand les équipes de jour prirent leur service, elles avaient toutes été mises au courant, par Maryse évidemment, de l'incroyable nouvelle : le docteur Bapst avait accouché d'une petite fille, chez elle dans la soirée.

Chacune des personnes informées éprouva d'abord une sorte d'excitation. Quelques-unes glissèrent une tête dans la chambre d'Olivia pour lui apporter du réconfort. Un déni de grossesse déclaré au moment de la naissance, à vingt-huit semaines d'aménorrhée, de la part d'une gynécologue obstétricienne, ce n'était pas si courant !

Leur plan fonctionnait. Dans la matinée, la psy du service était venue voir Olivia et cette dernière avait réussi à brouiller les pistes. Son récit sur son enfance difficile avait au moins l'avantage de déclencher des torrents d'empathie. Elle avait promis qu'elle se ferait suivre par un médecin psychiatre dès sa sortie de la maternité. Personne ne se douta de rien. D'un point de vue administratif, Olivia et Isabelle savaient qu'elles ne seraient pas inquiétées. Il n'existe en France aucun protocole au sujet de ces déclarations tardives et de leur prise en charge. Et celles qui tardent à s'inscrire auprès de l'assurance maladie ne font pas forcément l'objet d'une attention particulière. Les cas sont enregistrés, les droits s'appliquent de la même manière sans que personne ne vérifie vraiment quoi que ce soit. Des confrères rendirent visite à Olivia, par curiosité plus que par sympathie. Le docteur Pouvreau fit preuve de davantage de courtoisie en lui offrant un magnifique bouquet de fleurs avec un sourire bienveillant. Dans la nurserie, certains, penchés sur le berceau de Zoia, trouvèrent même que le bébé ressemblait à sa mère.

Lorsqu'elle quitta son service à l'heure du déjeuner, après une nuit entière sans fermer l'œil et une matinée de travail plutôt dense, Isabelle s'arrêta à la terrasse d'un café de la petite place du Costa-Rica pour réfléchir. C'était l'endroit où elles se donnaient rendez-vous avec Olivia, chaque vendredi soir, au calme, avant de s'offrir une place au cinéma de la rue de Passy. Un rituel auquel elles tenaient. Une parenthèse nécessaire pour elles seules.

Assise à leur table habituelle, face au soleil qui inondait la terrasse, le dos droit, le regard dans le vide, inquiète, Isabelle cogitait. Leur vie venait de basculer, irrémédiablement. Plus rien ne serait pareil. Si elle était, de loin, la plus forte des deux, l'angoisse lui vrillait néanmoins l'estomac. Dans l'immédiat, elle devait gérer cette inquiétude poisseuse que quelques comprimés d'anxiolytique mélangés à un gin tonic auraient peut-être aidé à dissiper. Mais elle n'était pas très portée sur ce genre de substances, surtout en pleine journée. Elle commanda une bière et un croque-monsieur.

Isabelle comprenait la profondeur du désarroi dans lequel était tombée son amie lorsque celle-ci avait serré contre elle le bébé. Olivia se mettait en danger, elle mettait aussi ses enfants en danger. Mais ce premier contact animal, charnel avec Zoai avait comme réveillé le sentiment d'abandon maternel.

Olivia avait la capacité extraordinaire de surmonter n'importe quelle épreuve. À condition de croire qu'elle devait seulement s'armer de courage. Or le courage n'est pas tout et toutes les guerres ne doivent pas être menées. Elle avait fait preuve d'une incroyable irresponsabilité en sauvant cette petite fille. Que ferait-elle de cet engagement ? Celui d'élever et d'aimer ce bébé inconnu. Quels que soient ses états d'âme, ses tourments, la peur sans doute, la culpabilité. Serait-ce possible ? Le courage n'est pas une qualité éternelle, il s'entretient, va et vient au gré des événements. Isabelle savait aussi que, si Olivia perdait un jour son courage, elle perdrait tout.

Isabelle se leva, régla l'addition. Ce qui venait d'arriver était une tragédie. Mais elles ne pouvaient plus revenir en arrière. Quelles que soient les conséquences.

9

La nuit envahissait doucement le ciel de Paris et la chambre où Olivia était installée chavirait vers une obscurité presque totale. Elle n'avait allumé aucune lumière. Depuis son arrivée la veille au service des urgences, elle n'avait plus serré la petite Zoia dans ses bras. Toute la journée, elle avait oscillé douloureusement entre le désespoir le plus noir et la colère. Une colère froide, dirigée contre elle-même qui la submergeait par vagues régulières, asphyxiantes. En connaître la cause ne suffisait pas à en limiter les répercussions. Seule, arrachée à ses enfants – auxquels elle ne cessait de penser –, inutile à son métier, Olivia s'effrayait de son acte irraisonné.

Le pouvoir des mères sur le devenir de leurs enfants est indéfectible. Et trente-sept ans après sa propre naissance, elle n'en était toujours pas guérie. Même si elle était suivie depuis de longues années par un psychiatre pragmatique et attentif. Même si elle avait considérablement avancé sur le chemin de la compréhension, de ce que son médecin appelait sa « faille originelle ». Et si elle avait une idée claire de ses névroses, pourquoi lui avait-il alors semblé admissible d'accepter ce nouveau-né dans son existence bien réglée ? Comment avait-elle pu se laisser embarquer dans une telle folie ?

Avec cette enfant dont elle était désormais la mère, le parent, la responsable ? Cette petite fille qu'elle n'avait ni désirée ni portée, née du ventre d'une autre. Ce n'était pas de la bonté, mais de l'inconscience. Voire une forme redoutable de mégalomanie. Se sentait-elle investie d'une mission divine qui la destinait à sauver tous les enfants de l'abandon ? C'était grotesque, et dangereux. Certaines personnes vivent dans un esprit de sacrifice permanent qui force le respect de leur entourage. Ce n'était pas le cas d'Olivia. Il ne s'agissait pas de générosité, mais d'une espèce d'abnégation pathologique face à un dilemme qu'elle n'avait pas encore réglé.

Fermant les yeux, elle pensa à la vieille femme qui serrait dans ses bras Zoia, à peine née et déjà orpheline. Cela avait été impossible pour Olivia de fuir sans se retourner, de ne pas affronter la réalité, d'une évidence accablante. De ne pas imaginer le devenir de ce bébé. De ne pas agir. Il était là, le sens même de sa vie. Décider de sauver ou d'abandonner. De voir ou de détourner le regard. De prendre par la main ou de continuer son chemin. De laisser un enfant sans défense face au danger ou d'ouvrir ses bras.

Elle connaissait si bien la confusion éprouvée et l'abîme qui s'était ouvert sous ses pieds ce soir-là, creusé de toutes les blessures de son enfance. Et la seule réponse à cette folie qui battait violemment au creux de son cœur avait été : non, l'incompétence de sa mère biologique ne serait pas répétée.

Comme mère, loin d'être parfaite, elle se savait aimante, impliquée, vigilante. Elle avait tant voulu réparer sa naissance. Il était même un peu réducteur d'imaginer qu'elle n'ait désiré que cela. C'était bien plus lourd à porter. Dans son travail, Olivia se sentait investie d'une mission absolue : protéger, conseiller, accompagner, soigner ses patientes. Mettre au monde encore et encore ne servait qu'une obsession, celle de lier dès le début viscéralement les enfants à leurs mères, chaque jour et même plusieurs fois par jour.

Elle accomplissait cela en réaction à ceux qu'elle avait croisés dans son enfance et qui n'avaient pas agi, rien tenté pour l'arracher à la solitude et à la peur. En opposition avec l'inconséquence de cette mère inconnue. Ainsi Olivia s'était inventé une façon sublime de réparer l'irréparable. Quels qu'en soient les contrecoups.

Assise sur son lit, le dos calé par des oreillers, de lourdes larmes coulaient sur ses joues, roulaient vers sa bouche, dévalaient le long de son cou et finissaient leur course paisible dans le drap qu'elle avait remonté sous son menton. Un poids infini lui écrasait la poitrine.

Elle était perdue dans un profond désespoir lorsque Isabelle toqua à la porte et entra sans attendre. Olivia tourna la tête vers son amie et lui offrit un sourire confiant, que démentaient ses yeux délavés par les larmes et la fatigue et qui voulait lui laisser croire que tout allait bien. Mais son regard las et son front plissé d'inquiétude témoignaient de sa profonde détresse.

— Je me doutais bien que tu étais au fond du gouffre.

— Il y a de quoi. J'ai fait une immense connerie.

Isabelle se dirigea vers la fenêtre, qu'elle ouvrit en grand. Elle avait relevé ses cheveux épais et souples dans une queue de cheval approximative, dont quelques mèches s'échappaient, sans que cela ne la trouble un seul instant. Puis elle vint s'asseoir sur le lit, entoura Olivia de ses bras et lui chuchota :

— NOUS avons fait une immense connerie, Olivia. Sans doute la plus grosse de notre vie. Mais je ne suis pas inquiète. Légalement, administrativement, c'est réglé. Il n'y a plus lieu d'y revenir. Les papiers sont actés : Zoia est ta fille, née de père inconnu.

— D'accord, mais maintenant ? Que vais-je raconter à mes enfants ? À Emma, qui n'a que treize ans, aux garçons ? Comment vont-ils accueillir Zoia dans leur vie ?

— Tu t'en tiens à la version officielle. C'est énorme mais ça existe. Il faut y croire, Olivia. Et les enfants le croiront aussi.

— Et ce bébé, qui te dit que je vais l'aimer ?

— Olivia ! Tu sais aussi bien que moi pourquoi tu as pris cette décision folle. C'était une situation ultra-violente. Cette petite fille allait être livrée au chaos. Ce n'est pas acceptable pour quelqu'un comme toi. En temps de guerre, des femmes ramassent des petits rescapés au bord des routes et s'en occupent. Dans certains pays, des orphelins sont élevés par le village, et reçoivent autant d'amour que les autres enfants. Tu es de celles qui donnent facilement. C'est ta structure, ton cadre pour te tenir droite. Ce que tu fais pour Zoia n'est pas très différent de ce que tu fais ici à la clinique ou dans le bus du bois avec les prostituées. Ce bébé, tu ne seras pas seule à le sauver. Je serai toujours là avec toi, je serai toujours près de toi.

— Isa, nous sommes dingues.

— Nous sommes un peu radicales. Et dingues, oui, sans doute. Personne n'est entré dans ta chambre aujourd'hui ?

— Si, Pouvreau et ma copine anesthésiste, Marie. Mais ils n'ont fait que passer une tête, je faisais semblant de somnoler. Personne ne s'étonne de son prénom ?

— Pas vraiment. J'ai expliqué à la cafétéria ce matin que *Zoia*, c'est « Zoé » en grec. Ils peuvent imaginer ce qu'ils veulent, que le père est grec ou qu'il tient un restaurant grec à Paris, on s'en fout, non ?

— Oui, sans doute. On s'en fout.

— J'ai rapporté des pansements usés, des restes de soins et du coton utilisé qui étaient dans la chambre voisine. Je vais les laisser dans ta poubelle. Ce sera encore plus crédible. Et puis je retourne chez toi libérer la jeune fille au pair.

Olivia se pencha au-dessus du berceau de Zoia. Depuis sa naissance, la veille, elle ne l'avait pas entendue pleurer.

— Elle est un peu trop silencieuse, tu ne trouves pas ? s'inquiéta-t-elle.

— C'est vrai, elle est trop sage. Mais regarde, elle tourne la tête vers ta voix. Elle sait sans doute déjà, intuitivement, que tu n'es pas sûre de l'aimer. Et qu'elle ne doit sa survie qu'à son effacement. Elle ne se fera entendre que lorsqu'elle pourra compter sur toi.

Olivia se remit à pleurer de plus belle. Puis elle

dirigea son regard sur Zoia, quitta son lit pour prendre délicatement le bébé contre elle, tout contre sa peau. Elle découvrit alors ses yeux immenses et elle lui sourit. Isabelle apporta dans la chambre des biberons de réserve et s'éclipsa doucement.

Alors, Olivia murmura l'histoire de sa vie à l'oreille de Zoia.

10

Olivia quitta la clinique le troisième jour et retrouva enfin avec une joie mêlée d'anxiété Emma, César et Ernest, qui n'avaient pas eu le droit d'aller la voir à la maternité, sous prétexte qu'elle était épuisée. Lorsque ses enfants découvrirent le bébé pour la première fois, Olivia fut complètement rassurée. Le petit être prit sa place dans la fratrie, dans la famille, le plus naturellement du monde. Pendant plusieurs semaines, Olivia ne sortit de chez elle que pour déposer ses grands à l'école ou aller les chercher à leurs activités. Elle laissait alors Zoia sous la responsabilité de la jeune fille au pair. Personne ne la vit jamais avec un landau dans les rues de son quartier.

Au milieu du mois de juillet, Isabelle, Olivia et ses quatre enfants – ceux qu'elle considérait à présent comme ses quatre enfants – partirent en vacances pour le Pays basque, où elles avaient loué une vieille ferme. Par hasard, lors d'un dîner, au détour d'une conversation avec des amis, on mentionna devant Olivia un poste à pourvoir en maternité, dans la région. L'ouverture d'un pôle maternité, maternité néonatale, médecine et réanimation néonatale et médecine de la reproduction à la clinique Ossuna de Biarritz. Elles n'avaient pas longtemps tergiversé. Olivia avait obtenu l'un des postes de gynécologue-obstétricien. Isabelle était rentrée seule quelques semaines à Paris et s'était chargée des déménagements. À Noël de la même année, elles étaient de nouveau réunies. La maternité constituait peu à peu ses équipes et recrutait toutes sortes de profils dans la santé : médecins, chirurgiens, infirmiers, aides-soignants et ambulanciers. Isabelle avait été embauchée dans le même établissement, comme sage-femme chef de service.

Elles avaient eu raison. Mettre de la distance entre la petite Zoia et Paris était indispensable.

11

La nuit de la naissance de Zoia, épuisées par leur soirée à tapiner dans le bois, les filles trouvaient encore le courage de papoter entre elles, comme si leur quotidien n'était pas un enfer. Certaines plaisantaient, d'autres se parlaient à voix basse dans leur langue maternelle, chacune essayant désespérément d'oublier pour un temps la honte et la peur poisseuse qui accompagnaient leurs jours. Assise à l'arrière de l'estafette de Razvan, le front posé contre la vitre sale, seule Yasmin ne participait pas aux conversations. L'inquiétude occupait chaque recoin de son esprit. Sa cousine chérie venait d'accoucher d'une petite fille et personne ne savait vraiment ce que « l'Organisation » allait faire du bébé. Olga avait supplié qu'on le lui dise, mais leur rabatteur était resté énigmatique, laissant les deux jeunes femmes sans réponse. Dans une angoisse que rien ne pouvait apaiser.

Razvan gara le véhicule le long du trottoir. Il fit descendre les filles et ouvrit la porte principale du petit immeuble avec le trousseau de clefs qu'il gardait, même la nuit, à portée de main. Comme chaque soir ou presque, elles allaient se précipiter dans l'escalier pour rejoindre leurs chambres, se laver rapidement, enfiler des vêtements confortables, puis descendre dans la cuisine commune où la vieille devait avoir préparé un repas simple et copieux. Mais ce soir-là, avant même d'avoir pénétré plus avant dans le hall, elles s'immobilisèrent. Dans l'entrée mal éclairée du bâtiment, la pauvre femme les attendait, debout, au bas des marches. Elle se tenait sur la première, toute courbée, la main sur la rampe en bois usé, avec dans les yeux non plus la résignation ni la peur, mais le mépris. L'asservissement naturel qui lui venait de sa mère, et de la mère de sa mère, et avant elles de toutes les femmes dominées par les figures autoritaires des pères, des maris, des frères et des hommes de son village, s'était enfin éteint. Pour la première fois, la petite vieille avait le menton haut. Son visage brûlait d'indignation. Ses lèvres restaient pincées pour ne pas cracher sa fureur et sa peine sur le visage de celui qu'elle haïssait tant. Une colère froide et un dégoût, que rien ni personne ne pourrait plus effacer, animaient son regard fatigué.

Face à Razvan, elle avait jeté les mots dans une langue approximative que chacune des filles, les Roumaines, les Albanaises, les Bosniaques et les Moldaves, pouvait aisément comprendre. Un mélange de mots français et étrangers avait claqué dans le silence affolé, sans que personne n'ait besoin d'explication supplémentaire : « Olga, bébé, mort. *Am terminat. Kaput.* » Puis elle s'était détournée pour monter péniblement vers son refuge du premier étage, son lit misérable, et pleurer. Les filles, sidérées par la nouvelle, s'étaient lamentées bruyamment, pleurant dans les bras des unes et des autres. Razvan avait dû en battre certaines pour qu'enfin elles se taisent et aillent se coucher sans avoir dîné.

Plus tard, dans la paix profonde de la nuit, Yasmin avait réfléchi au sens que prendrait sa vie à présent, aux probabilités qu'elle avait de s'échapper de ce piège sans sa cousine chérie, à ses chances de trouver la paix dans cette vie indigne.

Grâce à Olga, elle s'était résignée à tout supporter et à tenir à distance sa répugnance. Yasmin ne souffrait plus vraiment de devoir sucer des dizaines de types chaque soir et plus occasionnellement de s'allonger sur une couverture, les jambes ouvertes, la jupe à peine relevée sur son ventre clair, et d'attendre, absente, que des hommes finissent par jouir en elle. Parce qu'elles avaient un plan et qu'Olga lui répétait chaque soir dans le creux de l'oreille de garder espoir, patience, courage. Elle réalisa avec effroi à quel point elle s'était détachée de cette misère. Et c'était une réalité étrange à concevoir. En quelques mois seulement, ses émotions et révoltes extrêmes avaient été remplacées par cette indifférence nécessaire. Ses souvenirs heureux s'étaient effacés. La Moldavie de son enfance, ses parents, ses petites sœurs, son village, la beauté des saisons, la tranquillité de sa vie s'étaient peu à peu estompés devant la dévastation. Dilués dans le passé et allégés de leur charge émotionnelle. Jusqu'au calme plat. Il avait suffi qu'elle s'accroche à l'espoir de s'échapper avec Olga et le bébé pour tout supporter. À présent, sans sa cousine, elle se sentait morte de l'intérieur.

Il était évident que rien ne pourrait plus jamais la sauver. Avant l'aube, Yasmin s'était levée sans bruit pour se glisser dans la cuisine. Et, avec une dernière pensée vers ceux qu'elle avait aimés, et vers Olga, elle avala les produits d'entretien qu'elle avait trouvés sous l'évier.

Ce fut donc une tombe pour deux corps, emmêlés dans la même couverture, que l'on creusa dans un bosquet proche de la N118, au cœur d'une région boisée, traversée de forêts somptueuses, à quelques kilomètres à peine des centres commerciaux et des galeries marchandes qui fleurissent entre Bièvres et Paris.

Après avoir raccompagné les fossoyeurs soudoyés par le *signor Kosta*, Razvan avait pleuré longtemps, seul dans son véhicule, une bouteille de vodka à portée de main. Puis il était parti en chasse. Une pulsion incontrôlable inondait ses pensées. Il avait besoin de se venger, de soumettre, de faire du mal à la première qu'il croiserait.

Les centaines de prostituées qui travaillaient dans le bois de Boulogne avaient un territoire clairement délimité par les usages et les accords entre proxénètes, et que Razvan connaissait parfaitement. Les filles d'Europe de l'Est, dont une petite partie appartenait à *Kosta*, se partageaient l'allée de la Reine-Marguerite. Autour de la porte Dauphine, les clients recherchaient plutôt des jeunes hommes, de toutes nationalités. Et partout ailleurs, des Africaines, des Latino-Américaines, femmes, transsexuels ou travestis battaient le trottoir. Razvan avait bifurqué vers une allée cavalière de cette zone du bois, et il avait battu sauvagement une jeune prostituée d'origine équatorienne. Il s'était senti abandonné après avoir enterré Olga quelques heures auparavant. C'était l'unique explication qu'il trouva pour se déculpabiliser. Aucun proxénète ne s'avise de toucher, ou d'abîmer, le cheptel d'une autre organisation. Les risques sont trop grands. La guerre dans ces milieux, toujours prête à éclater.

Cela faisait plusieurs années maintenant qu'il brutalisait une prostituée le soir du 24 décembre. Il repérait facilement les signaux qui annonçaient cette pulsion sadique, conscient de la valeur symbolique dont il parait ces filles de rien. Dès les premiers froids, la violence grandissait dans son esprit. Lorsque la ville s'ornait des décorations de Noël, que l'excitation ou la tristesse gagnait les prostituées, il lui devenait impossible d'ignorer cette pulsion qui montait en lui, comme un vacarme, un cri infini et qui résonnait dans sa tête, douloureusement. Il essayait alors de contraindre ce besoin irrépressible au silence, mais celui-ci s'intensifiait à l'extrême, jusqu'à ce que Razvan capitule.

Juste avant cette fête familiale et religieuse, il guettait sa proie, la choisissait avec soin et attendait la nuit sainte.

Il avait une idée précise de l'origine de ses déséquilibres et ne se faisait aucune illusion sur son état mental. La phobie de l'abandon est un syndrome très répandu. À douze ans, son petit monde s'était fracassé, et une insécurité émotionnelle avait alors envahi son âme. Sa brutalité avait pris sa source la veille de la Nativité, quand une accusation avait déchiré la tranquillité de sa maison en Moldavie. Son père avait soupçonné sa mère d'être une prostituée occasionnelle. Il l'avait clamé dans les rues du village, puis il l'avait chassée. Razvan avait passé la nuit de Noël seul. Son père, trop saoul, n'était pas rentré.

Il n'avait jamais plus revu sa mère. Elle s'était enfuie ; sans doute était-elle morte de cet outrage. Mais pour Razvan, elle était coupable de ne pas avoir cherché à le récupérer. À partir de ce jour, les enfants de son école ne l'avaient plus épargné. D'ailleurs, les motifs de persécution ne manquaient pas. Son père « l'alcoolique » et sa mère « la pute » avaient engendré un gamin un peu trop slave pour eux. Dans son village, proche de la frontière avec la Transnistrie, les hommes étaient massifs, trapus et plutôt bruns. Les yeux en amande de Razvan, ses pommettes hautes et ses yeux clairs les perturbaient. Il n'était pas des leurs. Les villageois l'évitaient avec une sorte de gêne glaciale. Sans frère et sœur, sans grands-parents à qui se confier, sans ami, il n'avait trouvé aucun moyen d'exprimer sa colère. Jusqu'à son premier tabassage, un soir de Noël, dans un port albanais. Il avait payé une jeune prostituée pour une fellation et, après avoir remonté son pantalon, l'avait rouée de coups de pied jusqu'à ce qu'elle perde connaissance. Il venait juste d'avoir seize ans.

Depuis, l'hostilité qu'il nourrissait envers les femmes avait naturellement orienté ses fantasmes vers celles qu'il pouvait soumettre. Il n'éprouvait aucune empathie envers les putains qu'il battait et dont les visages lui restaient vagues, comme irréels. Pour lui, les hommes avaient toujours de bonnes raisons d'être des brutes. Si son père avait chassé sa mère, c'était parce qu'elle n'avait sans doute été que cela : une pute minable. Parfois, le souvenir d'un visage doux, translucide et ridé, épuisé revenait à sa mémoire. Cela le rendait encore plus triste et la colère reprenait ses droits, masquant toute tentative d'apaisement. La haine au fond de sa conscience était bien trop ancrée pour vaciller.

Depuis, il procédait toujours avec les mêmes « rituels » pour passer à tabac les filles. Il demandait d'abord qu'elles le sucent. Une fois qu'il avait joui dans leur bouche, elles renversaient souvent leur tête en arrière, pour cracher ou reprendre leur souffle. Il leur envoyait alors un premier coup de pied, assez fort pour qu'elles tombent à terre. Puis il se laissait envahir par un déchaînement de violence qu'il ne voulait pas maîtriser. Enfin, lorsqu'elles cessaient de se défendre, il les faisait basculer sur le ventre pour s'asseoir sur leur tête afin que le sable ou la terre remplisse leur nez, leur bouche, leur gorge et qu'elles suffoquent. Razvan savourait ce moment où, malgré leurs peurs et leurs douleurs, elles cherchaient à lever leurs têtes pour respirer. Leur instinct de survie les sauvait. Puis il les abandonnait là, à même le sol.

Il choisissait ses victimes selon des critères bien précis. Elles ne devaient pas appartenir au *signor Kosta*, être petites, fines afin de ne pas risquer une résistance trop violente et, ainsi, ne pas saboter ce moment de toute-puissance dont il souhaitait profiter le plus intensément possible.

Il aurait tant aimé pouvoir s'arrêter lorsque Olga était tombée enceinte. Sa douceur et son regard bienveillant avaient bousculé quelque chose au fond de lui, de lointain, de tendre. Une réminiscence délicate et fragile dont il percevait les contours troubles. Il avait imaginé pouvoir tout plaquer et fuir avec elle au bout du monde, dans un pays où le soleil brillait toute l'année, où personne ne fêtait jamais Noël. Et même s'il avait conscience qu'Olga était devenue prostituée par sa faute, sa force, sa violence, sa duplicité, il n'avait rien pu arrêter.

Condamné à n'avoir d'autres consolations que celle de se venger sur une pauvre petite putain, juste avant Noël.

Juin 2021, sept ans plus tard

12

Le silence de la nuit, opaque et familier. Au loin, des bourrasques souvent présentes sur la côte basque, même en juin. Le moteur d'une grosse moto qui rugit dans une rue voisine. Et le calme de l'impasse Iratze-Zabal. Pourtant, Olivia avait dû entendre un bruit, un bruit inhabituel qui l'avait tirée de son sommeil profond. Elle ouvrit les yeux. Les rideaux de sa chambre bougeaient doucement comme si une silhouette translucide s'amusait à apparaître et disparaître au gré des mouvements du tissu de lin blanc. Elle allongea son bras droit, pensant toucher le corps chaud de Zoia, qui s'était endormie dans son lit la veille. Mais il n'y avait plus personne. Elle ne rencontra que le vieux doudou de sa fille, un lapin immense aux longues oreilles, aux pattes et aux bras exagérément allongés. Une chose douce et molle à l'odeur consolante. Olivia ne l'avait pas entendue se lever. Peut-être était-elle dans la salle de bains ?

— Zoia ? murmura-t-elle.

Aucune réponse. À sept ans, Zoia était déjà une enfant curieuse et entreprenante. Elle allait vers les autres, expérimentait ce qui passait à sa portée, s'intéressait aux gens et aux choses, mais, la nuit, c'était une vraie froussarde. Olivia imagina difficilement qu'elle ait voulu retourner dans sa chambre sans lui demander de l'accompagner et, surtout, en oubliant son grand lapin.

Elle frissonna soudain, comme si un courant d'air venait de s'insinuer sous sa couette ou qu'une fenêtre était restée ouverte au rez-de-chaussée, laissant entrer un air frais, humide. Elle ne supposa encore rien de plus inquiétant.

Olivia s'assit sur son lit. Pour se tranquilliser et se rendormir, il lui fallait border Zoia, glisser une tête dans la chambre d'Emma, située au même étage que la sienne, vérifier qu'elle soit bien rentrée de sa soirée avec ses amis. Puis recouvrir de leurs draps ses fils, Ernest et César, qui dormaient comme ils vivaient, décontractés, sans entrave. Elle s'apprêtait à se lever quand elle entendit le bruit de la clenche de la porte d'entrée du rez-de-chaussée. Un bruit net qui ne lui laissa aucun doute. Elle bondit sur ses pieds et attrapa ses vêtements, qu'elle faisait tomber chaque soir au bout de son lit. Elle n'aurait pas dû dormir nue. Elle se sentit vulnérable tout à coup et pensa que, si un danger survenait, elle perdrait un temps précieux à vouloir se couvrir.

— Emma, c'est toi, chérie ?

Aucune réponse. Olivia avança à tâtons et chercha de sa main l'interrupteur positionné au-dessus de sa table de nuit. Pas de lumière. Les plombs avaient dû sauter.

Tout en enfilant son débardeur et son bas de pyjama, elle réalisa qu'elle sentait son cœur cogner plus fort dans sa poitrine. Elle reconnaissait cette émotion qui l'étreignait. Petite fille, dans les différents foyers où elle avait vécu, avant d'être accueillie par sa Mamma,

Olivia avait souvent connu la peur. La peur de mal faire, de déranger, de ne pas être à la bonne place, au bon moment ou de deviner le désir dans les yeux d'un homme. Cette peur-là était la plus terrible : un enfant n'a pas les armes pour se défendre. Elle avait, par miracle, échappé à des tentatives d'attouchement ou de viol. Son air farouche avait contribué à éloigner d'elle les prédateurs trop peu décidés. Ils préféraient souvent les fillettes ou les petits garçons plus tranquilles. Oui, la peur l'avait toujours prévenue du danger.

Et la peur venait justement de revenir avec force. Autour des poumons d'Olivia en bloquant sa respiration. Autour de son cœur en accélérant son débit sanguin. Et dans son esprit, en aiguisant ses sens, la comprimant comme une tenaille, lui hachant le souffle et l'obligeant à la plus grande vigilance.

La maison était plongée dans le noir. Olivia avançait avec prudence et sans bruit dans le couloir qui menait aux chambres des filles. Celle d'Emma se situait en haut des marches à gauche, et celle de Zoia juste à côté. Son portable à la main, elle alluma la fonction torche et vérifia d'abord que sa benjamine était bien dans sa chambre. Le lit n'était pas défait. Peut-être était-elle dans celui de sa grande sœur ? Cette dernière dormait, dans sa position favorite, ses livres éparpillés autour d'elle et ses lunettes oubliées dans les plis des draps. Mais alors où était Zoia ? Olivia ressentit aussitôt le poids de l'angoisse qui venait de l'envahir tout à fait, aussi lourde qu'une bête monstrueuse. La situation n'était pas normale. Elle ne put retenir de crier le prénom de sa fille, qui résonna dans le silence de la maison.

— Zoia ? Où es-tu, Zoia ? Zoia, réponds ! Où es-tu ?

Les enfants furent brutalement arrachés à leur sommeil. Emma apparut devant sa porte au moment où les garçons montaient quatre à quatre les marches vers le premier étage.

— Où est Zoia ? répéta Olivia.

Personne n'eut le temps de répondre, car ils venaient d'entendre sangloter la petite fille.

— Maman, t'es folle ou quoi ! Pourquoi tu hurles comme ça au milieu de la nuit ? lui demanda Emma.

— Parce que Zoia n'était plus dans mon lit.

— Elle est en bas. Sur le canapé. Enveloppée dans le plaid, je l'ai vue en rentrant tout à l'heure.

Emma était furieuse et, pour montrer clairement son agacement, tourna les talons et claqua la porte de sa chambre.

Olivia descendit rapidement les marches. Les garçons l'avaient précédée et consolaient déjà leur petite sœur. Tous deux gardaient encore sur leur visage des traces de l'enfance. Une rondeur dans les joues, des lèvres ourlées, une peau soyeuse et douce. Leurs cheveux, un peu trop longs, décolorés par l'eau de mer, accentuaient cette impression d'extrême jeunesse. Mais les muscles qui dessinaient leurs corps sportifs laissaient deviner les transformations en cours. Ils n'étaient plus des petits garçons. Pas encore des hommes, mais, dans certaines épreuves, ses jumeaux savaient faire montre de maturité et d'efficacité.

— Maman. Où est le compteur électrique ? Il n'y a plus de lumière.

— Oui, suivez-moi dans la cuisine, les plombs ont dû sauter.

Olivia consola sa fille et la prit sur ses genoux.

— Zoia, pourquoi es-tu toute seule en bas ? Ça va pas la tête !

— Je sais pas. Je dormais avec toi, lui répondit-elle en pleurant, le nez dans le cou de sa maman.

— Calme-toi. Chérie, je ne comprends pas. Tu ne te souviens pas d'être descendue dans le salon ?

— Non. Je me suis réveillée quand tu as crié. Et j'étais plus dans ton lit.

Olivia ouvrit un placard et poussa vers le haut la touche qui contrôlait l'électricité de la maison. C'était étrange, la fenêtre de la cuisine était grande ouverte, un verre d'eau avait été oublié sur le plan de travail, mais, surtout, le mégot d'une cigarette roulée à la main était abandonné au bord de l'évier. Une petite chose insignifiante, fripée qui pourtant cristallisa toutes ses inquiétudes. Elle refoula courageusement le sentiment de panique qui l'oppressait. Et voulut se convaincre : c'était probablement un ami de ses enfants. Ils étaient nombreux dans leurs bandes de copains à rouler leurs cigarettes par économie ou parce qu'ils consommaient du tabac bio. Il ne fallait pas s'inquiéter.

Ernest et César, immobiles au milieu de la cuisine, paraissaient ne pas comprendre ce qu'ils faisaient là, en caleçon, en pleine nuit.

— Bon, maman, elle est peut-être somnambule, déclara César, toujours pragmatique dans ses réflexions.

Olivia était perplexe. Et si quelqu'un était entré chez elle, avait traîné dans la cuisine, laissé un mégot sur le bord de l'évier, bu un verre d'eau… ? Et si cette personne avait pénétré dans sa chambre et avait pris Zoia pour la changer de place et la coucher dans le canapé du salon… ? Elle avait entendu la porte d'entrée se refermer, elle en était presque certaine. Mais pourquoi faire une chose pareille ? C'était ridicule. Elle retrouva alors son sang-froid et sollicita ses fils.

— Ernest, vérifie que tout est fermé à clef, s'il te plaît. Toi, César, contrôle la porte du garage. Et les fenêtres aussi.

Elle gardait Zoia dans ses bras.

— Tout est fermé, sauf la porte d'entrée.

— Tourne la clef, à double tour. Les garçons, je préfère que vous dormiez avec moi cette nuit. Je vais monter vos matelas.

— Mais non, maman. On va dormir dans notre chambre. Zoia a dû faire un rêve, c'est tout.

— Et si quelqu'un veut entrer chez nous on le dégomme, ajouta César en prenant une pose ridicule de super-héros prêt au combat.

— Ce n'est pas drôle.

— Maman ! Zoia ne se souvient pas, elle devait dormir. Donc elle est somnambule.

— Même pas vrai ! En plus j'avais froid.

— Bon, ça suffit. Tout le monde au lit, ordonna Olivia d'une voix qu'elle espérait assurée.

Mais Olivia n'arriva pas à se rendormir. Elle se remémora tous les détails de la nuit et se persuada que, oui, Zoia était somnambule. Elle ne pouvait pas croire que quelqu'un ait pu s'introduire chez elle, en pleine nuit. Cela n'avait aucun sens. L'intrus serait passé devant la chambre des garçons, au rez-de-chaussée, sans se faire repérer ? Puis aurait monté les marches et ne serait entré que dans sa chambre à elle ? Pour déplacer Zoia ? C'était absurde. Rassurée par la présence du petit corps chaud de sa fille à ses côtés, elle remonta sa couette sous son menton et se tourna sur le côté, le visage vers la fenêtre. Elle entendait la pluie tomber. Une pluie de juin, lourde et fraîche. C'était un son qui l'apaisait. Celui des gouttes qui s'écrasaient sur le bord de sa fenêtre, sur son toit, dans son jardin. Elle ferma les yeux, il n'y avait sans doute aucune raison de s'inquiéter.

13

Olivia et ses enfants habitaient dans une impasse située dans le quartier d'Espagne à Biarritz. Une jolie ruelle pavée, bordée d'anciens logements de marins ou d'ouvriers, à l'angle d'une rue étroite. Les soirs de tempête, le bruit de l'océan tout proche se faisait entendre ; le reste du temps, on ne percevait rien d'autre que le silence, à peine rompu par le miaulement d'un chat ou le piaillement des oiseaux. Mais dès le portail, la rumeur des bars et des terrasses des restaurants, toujours pleins à craquer d'une jeunesse sportive et bruyante et de jeunes couples à la démarche tranquille, animait le quartier.

Après la naissance de Zoia, Olivia avait craint d'être retrouvée par le proxénète, qui devait connaître l'adresse de la clinique où elle travaillait. Pour des raisons de sécurité évidentes, elle avait quitté Paris dès que cela avait été possible et s'était installée au fond de cette rue sans issue, dans une petite maison charmante aux volets rouges. Là, il lui avait semblé que la vie ne pourrait être qu'infiniment plus douce.

Elle avait toujours été libre de déménager où elle le souhaitait. Le père d'Emma, officier de la marine marchande, vivait à des milliers de kilomètres. Quant à Ernest et César, ils étaient les heureuses conséquences d'une brève histoire d'amour avec un homme instable et immature. Olivia l'avait mis dehors après l'un de ses retours un peu trop tardifs pour être honnêtes ; depuis, il n'avait jamais vraiment donné de ses nouvelles.

Sept ans plus tôt, ses trois enfants avaient accueilli Zoia sans se poser beaucoup de questions, sincèrement émerveillés par ce ravissant bébé surgi dans leur vie, un soir de mai. Et trop jeunes encore pour imaginer une autre vérité que celle racontée par leur mère, et par Isabelle. À Biarritz, Emma était devenue une sage lycéenne et avait passé son bac. Elle préparait à présent une licence de lettres à la faculté pluridisciplinaire de Bayonne, où elle se rendait en scooter, libre et joyeuse. Les garçons, eux, en arrivant à Biarritz, « s'étaient jetés à l'eau » – notamment sur des planches de surf – et cela remplissait leurs jolies têtes. S'ajoutait à l'amour de l'océan leur passion récente pour le bodyboard, le skate et le snowboard en hiver dans la station familiale de Gourette. Tous les sports de glisse auxquels les jumeaux s'adonnaient avec rigueur et exaltation. Ils préparaient avec sérieux leur bac de français, s'entendaient comme larrons en foire, entourés d'une joyeuse bande de copains.

Son installation sur la côte basque avait permis à Olivia de se recentrer sur ses priorités. Avec davantage de temps pour elle, son quotidien était plus simple, les trajets moins longs, les rapports humains plus faciles et sa petite tribu s'était considérablement soudée autour d'elle et d'Isabelle – qui n'était jamais bien loin, toujours attentive. Olivia avait au moins réussi cela : tisser un vrai lien entre ses quatre enfants, même sans figure paternelle pour équilibrer leurs rapports. Cela, au prix d'une constante préoccupation qui ne l'empêchait ni de douter, ni de trébucher.

Depuis son arrivée à Biarritz, Olivia occupait le poste de chef de service obstétrique à la clinique Ossuna sur les hauteurs de la ville. Une maternité à taille humaine, renommée dans la région. Elle y travaillait avec une équipe de gynécologues obstétriciens et de cinq sages-femmes coordinatrices, parmi lesquelles Isabelle. Chaque matin, après avoir déposé Zoia à l'école, elle se précipitait dans son bar préféré, face à la mer, pour savourer son petit déjeuner devant le mouvement grandiose des vagues se fracassant en contrebas. Puis elle filait à la clinique, où ses consultations débutaient à neuf heures. Le dimanche, elle prenait son temps. En général, ses enfants dormaient tard et elle commençait sa journée installée sur l'une des tables en bois du Debololo pour y lire ses journaux face à l'horizon, tout en dégustant des pains et des céréales de toutes sortes, seule, avant de retrouver ses amies aux halles et d'acheter quelques bricoles pour le déjeuner familial.

Ce matin-là, elle regardait les vagues depuis un moment, sa tasse de café à la main, lorsque son téléphone vibra dans sa poche. Le visage d'Emma s'afficha sur l'écran.

— Allô, chérie, déjà réveillée ? Dix heures, pas mal pour un dimanche !

— Maman, j'ai dormi chez Thomas hier soir et je voulais rentrer tôt pour ne pas que tu t'inquiètes. J'ai eu un accident. Pas grave ! J'ai été renversée par un connard en voiture en arrivant boulevard de la Mer.

— Où es-tu ?

— À l'hôpital Saint-Léon, dans la salle d'attente.

Olivia était déjà debout, regroupant ses affaires éparpillées sur la table, le cœur en alerte mais concentrée, tendue vers sa fille, reliée à elle par toutes les particules de matière qui la composaient.

— Tu es blessée ?

— Juste une foulure à la cheville et des égratignures sur les jambes et ma hanche gauche. Maman, ne flippe pas. Ils ont fait des radios, j'ai rien de cassé. Est-ce que tu pourrais venir me chercher ? Thomas est avec moi, mais là, il doit aller bosser. Maman, j'ai la rage. Mon scooter est à mettre à la décharge et je vais boiter tout l'été.

Il y eut quelques longues secondes de silence.

— Bon, si tu as la rage comme tu dis, c'est que tu ne dois pas être trop amochée. Je suis là dans dix minutes.

Olivia se dirigea vers sa voiture en oubliant de payer l'addition. Elle courait déjà, laissant sur la table son petit déjeuner à peine entamé et ses journaux dispersés et froissés. Attablé au comptoir en bois, un homme encore jeune avec une casquette qui lui couvrait la majeure partie du visage la regarda partir. Il portait un sweat-shirt banal. Il vit Olivia entrer dans sa voiture et claquer la portière, paya alors son café et s'avança le plus tranquillement du monde vers une vieille Twingo, sans que personne ne prête attention à lui.

Vingt minutes plus tard, Olivia se gara sur le parking

des visiteurs et accéda rapidement au service des urgences de l'hôpital Saint-Léon de Bayonne, où elle fut accueillie par le docteur François Bauche. C'était un bel homme, d'une cinquantaine d'années, qu'Olivia avait croisé à deux reprises lors de congrès médicaux dans la région.

— Bonjour, je suis le docteur Olivia Bapst. Ma fille Emma vient d'avoir un accident de scooter. Ce matin, à Anglet. Vers le phare de Biarritz.

Peu consciente du regard que l'urgentiste posait sur elle, Olivia regardait autour d'elle, à la recherche d'Emma.

— Oui, bonjour, c'est moi qui ai examiné votre fille. Nous avons fait des radios, son état global est satisfaisant. Elle vous attend dans la salle des visiteurs. Nous n'avons aucune raison de la garder plus longtemps. Elle devra quand même porter une attelle à la cheville gauche et il faudra surveiller quelques plaies, rien de plus. Mais serait-il possible de vous parler quelques instants avant que vous n'alliez la retrouver ? Mon bureau est à côté.

Ils suivirent un petit couloir aux murs peints en jaune pâle, puis le docteur Bauche poussa une porte entrouverte, invitant Olivia à entrer dans une pièce froide et fonctionnelle. Elle remarqua seulement la photo encadrée d'une jolie femme brune aux yeux pétillants et au large sourire, placée à l'angle du bureau. Un casque de moto à terre et une veste en cuir accrochée à une patère. Aucun autre objet personnel. Quand Olivia tourna les yeux vers lui, le docteur lui souriait amicalement. Il lui proposa un café. Elle s'en étonna : sans doute une attention que l'on doit à une consœur dont la fille est aux urgences ?

— Asseyez-vous, je vous en prie.

Il se tut encore un long moment, tout en la fixant du regard. Olivia fronça imperceptiblement les sourcils, sur le qui-vive. Ce tête-à-tête n'augurait rien de bon.

— Il y a autre chose ?

— Ne vous inquiétez pas. Je vous confirme que votre fille va bien. Quelques contusions, rien de grave. Mais il semble que l'accident dont elle a été victime était intentionnel. La police n'était pas sur place, mais les deux témoins qui l'ont aidée et qui ont appelé les pompiers ont fait la même déclaration. Ils ont noté que l'individu qui conduisait avait volontairement accéléré pour rattraper le scooter de votre fille, comme pour la percuter. Elle a eu un bon réflexe, mais elle a heurté le trottoir en voulant se décaler. La voiture roulait à une vitesse raisonnable, heureusement. Le conducteur ne s'est pas arrêté et personne n'a relevé la plaque d'immatriculation. Les pompiers qui ont déposé votre fille aux urgences pensent que vous devriez faire une déposition à la police.

— C'est absurde, qui voudrait faire une chose pareille ?

— Je ne sais pas. Un amoureux éconduit, un type frustré, un voisin aigri, un mauvais conducteur ? Vous savez, ici, on voit, on entend tout. Le pire et le meilleur. Plus souvent le pire. Comme vous, j'imagine ? La nature humaine révèle des abysses de complexité.

— Ce n'est pas possible, docteur. C'est un accident, ça ne peut pas être volontaire. Ma fille sortait de chez son amoureux. Ce n'est pas dans ses habitudes, mais les grandes vacances sont proches. Elle n'avait aucune raison d'être boulevard de la Mer ce matin.

— Vous devriez prendre au sérieux ce que je viens de vous dire. Les pompiers nous l'ont signifié. Peut-être qu'il serait bon d'en parler maintenant avec elle ? Les deux témoignages sont formels : c'est votre fille que ce type essayait de rattraper et de renverser. Il est heureux que la voiture n'ait pas roulé sur elle.

14

Olivia était particulièrement fatiguée par sa journée. Cela faisait plusieurs jours que l'angoisse lui compressait la poitrine. Son sommeil était perturbé depuis la nuit où elle s'était réveillée sans Zoia à ses côtés. Il était peu probable que quelqu'un se soit introduit chez elle. Mais, à présent, le moindre bruit la faisait sursauter. De plus, l'accident de scooter de sa fille, le dimanche précédent, et sa conversation avec l'urgentiste achevaient de la préoccuper. Elle s'étira sur sa chaise cherchant, les bras tendus au-dessus d'elle, à dénouer son dos douloureux. Ce mardi avait commencé par la naissance d'un petit Vladimir de 3,260 kilos puis par des consultations habituelles, sans enjeu majeur : renouvellement de contraception, prescription de frottis annuels, échographie, mammographies et traitements hormonaux substitutifs à mettre en place et à ajuster avec soin. Accompagner ses patientes dans toutes les étapes si exceptionnelles, de la fécondité, de la grossesse, de la mise au monde, avait toujours été pour elle une évidence. Ou, plus exactement, une obsession. Elle n'en aurait sans doute jamais fini avec cette fêlure originelle, mais elle espérait, au moins, apprendre à la refouler.

Une consultation avait été ajoutée à la dernière minute pour une nouvelle patiente, jeune, qui avait beaucoup insisté, selon sa secrétaire, qui ne prenait que très rarement des rendez-vous aussi tard. Olivia présumait qu'il s'agissait d'un simple contrôle gynécologique, auquel cas cela ne durerait pas longtemps. Les jeunes filles d'aujourd'hui maîtrisent bien mieux que leurs aînées le fonctionnement de leurs corps et savent comment se prémunir des maladies sexuellement transmissibles ou éviter les grossesses non désirées.

Olivia avait hâte de rentrer chez elle, de retrouver ses enfants et de se poser, au calme, dans son jardin, les pieds dans l'herbe, un verre de vin à la main. Elle sentait comme une menace s'approcher d'elle. Une sensation diffuse qui l'obsédait malgré elle.

Elle ouvrit en grand sa fenêtre, un vent tiède lui caressa la nuque sous ses cheveux relevés en chignon maladroit. Lorsqu'elle poussa la porte de son cabinet, invitant la patiente à entrer, Olivia perçut aussitôt la pâleur, les tremblements et l'agitation extrême de l'adolescente, qui vint s'asseoir devant elle.

— Je suis désolée de vous déranger aussi tard.

— Ne vous inquiétez pas, asseyez-vous. Quel est votre nom ? Vous n'avez pas encore de dossier avec moi, n'est-ce pas ? Avez-vous votre carte Vitale ?

— Je m'appelle Charlotte Nayrolles et je suis une amie de votre fils, Ernest. Voilà ma carte.

Ce n'était encore qu'une enfant, avec ses joues rondes et le grain de peau mat et velouté comme celui d'une pêche mûre. Fine, musclée, avec de longues jambes fuselées ; ses épaules larges témoignaient de son goût pour la natation ou le surf. Elle était objectivement ravissante et si naturelle. Mais ses yeux étaient las et sa bouche, crispée sur un sourire éteint, tendu, révélait une anxiété profonde ou peut-être une vive douleur. Olivia sentait sa timidité, son manque de confiance, son désarroi. Sa posture maladroite dans le fauteuil, son dos bien droit et ses jambes croisées masquaient difficilement son mal-être. D'une voix peu assurée, la jeune fille reprit :

— J'étais enceinte… D'un peu moins de trois mois, je pense. Je n'ai pas voulu savoir. J'ai trop attendu avant de faire le test de grossesse. J'avais mon bac blanc à passer. Je sais, c'est bête, mais j'avais peur de venir. Et puis je crois que le bébé est mort. Et depuis, j'ai trop mal au ventre et je ne sais pas quoi faire.

Et elle éclata en sanglots douloureux.

Alors que le personnel soignant quittait la clinique, que le silence et l'obscurité envahissaient peu à peu les couloirs de l'étage, devant cette jeune fille au regard perdu qui la dévisageait en se mordillant les lèvres, Olivia oublia instantanément sa fatigue. Lors des rendez-vous médicaux, les femmes exprimaient sans équivoque leurs besoins liés à leur sexualité, leur désir ou non-désir de maternité. Il ne s'agissait pour Olivia que d'accompagner, de prendre soin et de traiter.

Mais face à la fatalité et à la souffrance d'autres patientes, elle n'abdiquait jamais. Olivia cherchait toujours à trouver des solutions adaptées et parfois même audacieuses. Là, Olivia éprouvait un abîme de vulnérabilité, une alerte. De quoi était-il question ? S'agissait-il d'une grossesse non désirée ? Suivie d'une fausse couche « probablement » spontanée ? D'un rapport sexuel consenti avec une désinvolture inavouable ou d'une méconnaissance du corps ? Ou, pire, d'un viol, d'un inceste ? Olivia avait besoin de toute sa concentration et de temps pour interpréter les signaux confus qu'elle recevait. Elle demanda alors à sa secrétaire de rentrer chez elle et s'isola quelques instants pour téléphoner à Emma.

— Je vais être en retard, chérie. Je ne serai pas à la maison avant une heure environ. Tes frères vont rentrer après leur surf et Zoia peut commencer ses devoirs en m'attendant.

— Je prépare le dîner, ne t'inquiète pas.

— Quand les garçons seront rentrés, ferme la porte à clef, s'il te plaît.

Ses enfants savaient depuis toujours qu'ils étaient à la fois sa principale préoccupation et la source de ses plus grandes joies. Mais ils comprenaient aussi ses obligations professionnelles. Et dans cette famille monoparentale, chaque membre était attentif aux autres. Lorsque Olivia avait besoin d'aide, ils s'organisaient. Elle raccrocha et appela Isabelle.

— Isa, désolée de te déranger. J'ai une dernière consultation qui va prendre un peu de temps. Si tu peux, passe à la maison aider les enfants.

— Aucun problème, j'y vais immédiatement. Je viens de quitter la clinique et j'ai vu que ta voiture était encore sur le parking.

Et elles raccrochèrent en même temps, sans même se saluer. Olivia ferma sa porte et s'approcha des deux grandes fenêtres de son cabinet. Une petite Twingo noire était encore garée sur le parking, elle n'était donc pas la dernière. Elle tira ses rideaux épais, puis elle fit bouillir de l'eau.

— Venez, je vais vous examiner et vous faire une échographie. Mais avant, je vais vous préparer une tisane au gingembre et nous allons parler si vous le voulez bien.

En apparence, Olivia était calme. En apparence seulement, car elle était préoccupée par cette toute jeune fille désemparée, à la fois hébétée et courageuse. Cette adolescente, qui se présentait seule, sans une amie pour traverser ce moment difficile. Sans une mère, une grand-mère ou une tante pour la consoler, la rassurer, adoucir sa peine. Elle aurait voulu commencer par l'enserrer de ses bras, la bercer longtemps et lui murmurer que tout irait bien, qu'elle était là.

Mais ce n'est pas ce que l'on attend d'un médecin.

Olivia se composa un visage paisible.

— Êtes-vous majeure, Charlotte ?

Celle-ci, levant son regard vers elle, perçut la force et la gentillesse qui émanaient de cette femme en blouse blanche et acquiesça d'un mouvement délicat du menton tout en ravalant ses lourdes larmes.

— Oui, depuis pas très longtemps.

Une heure plus tard, Olivia quitta la clinique dans un état de fureur excessif. Elle avait ausculté sa jeune patiente avec douceur et ses gestes réconfortants avaient semblé faire leur effet. Son expérience lui permettait souvent de comprendre, de deviner même les drames les plus secrets, en peu de temps, sans jamais insister, à mots choisis, comme des promesses ou des refuges. Mais ce soir, sans doute la fatigue, ou la lassitude, Olivia avait laissé la raison battre en retraite devant ses émotions. Elle était trop perméable, trop sensible. Un stress intense l'avait submergée, dont elle ne devait rien laisser paraître. Dans ses veines, le poison de ses révoltes d'enfant noyait chaque parcelle de son organisme. Elle enrageait. Ce n'était pas la jeunesse de sa patiente, mais son délaissement qui la bouleversait.

La nature avait bien fait son travail et Charlotte repartait du cabinet avec un traitement léger, un prochain rendez-vous pour une échographie de contrôle, quelques conseils et une ordonnance pour une contraception. Les réponses de l'adolescente avaient été rassurantes. Heureusement, il n'avait été question cette fois que d'imprudence, d'ignorance, de solitude aussi. Cette enfant d'à peine dix-huit ans n'avait jamais été accompagnée ou conseillée par une adulte dans l'apprentissage de sa vie de femme. Comment une mère pouvait-elle faire preuve de tant de désinvolture ? Comment pouvait-on être à ce point insensible pour laisser sa propre fille se débrouiller dans une telle situation ?

Dans sa voiture, Olivia s'obligea à se détendre, à se calmer. Elle s'accorda de longues minutes à respirer l'air du soir, les vitres ouvertes, à écouter le chant d'un merle noir saluant la tombée du jour. Elle était épuisée, triste et, pour la première fois, une lassitude préoccupante l'envahissait. Parviendrait-elle un jour à avoir le recul que sa profession exigeait d'elle ? À laisser le flot du monde engloutir les enfants dont personne ne se souciait, sans trop s'impliquer, sans en être trop affectée ? Malgré plus de vingt ans de pratique, cela lui était toujours aussi difficile.

Elle quitta le parking de la clinique au même moment que la petite voiture noire qu'elle avait remarquée une heure plus tôt.

Une fois chez elle, elle vit Emma et Zoia allongées sur le canapé du salon. La première enveloppée dans un immense pull gris, sa cheville douloureuse posée sur un coussin, la seconde suçant son pouce et lisant une bande dessinée. Une soirée habituelle, d'une relative tranquillité, où chacun a l'air d'aller bien, en sécurité. Les garçons, eux, traînaient encore dans la cuisine devant leurs desserts.

— Bonsoir, mes chéris. Tout va bien ? Isa est passée ?

Sa voix cassée était un révélateur de son état de fatigue. Emma lui fit un signe pour qu'elle vienne l'embrasser.

— Oui, ça va. Elle vient de partir. Elle nous a aidés à tout ranger.

Puis Olivia posa ses clefs sur la console de l'entrée et se débarrassa de son immense sac fourre-tout, qu'elle fit glisser de son épaule et qu'elle laissa à terre, devant la porte. Dans quelques minutes elle serait dans son jardin, enfin. En robe légère, les pieds nus, un rituel nécessaire pour éloigner d'elle ses préoccupations. Elle alla se servir un verre de vin blanc dans la cuisine. Ernest se tourna vers elle, se leva maladroitement et l'embrassa.

— Et vous, les garçons ? La journée a été bonne ?

— Mam, c'est ma copine Charlotte que t'as eue en consultation ce soir ? lui demanda-t-il d'une voix faussement désinvolte.

— Chéri, je ne peux pas te répondre, c'est un secret médical.

— C'est moi qui lui ai conseillé de prendre rendez-vous avec toi, tu peux me dire ! Elle va bien ?

Olivia pivota brusquement vers son fils et le dévisagea. Comme si elle découvrait tout à coup qu'il devenait un homme, jeune encore, mais capable d'avoir une vie sexuelle. Serait-il possible qu'Ernest soit concerné par cette grossesse ?

Lui l'observait comme lorsqu'il était petit garçon après une grosse bêtise. Puis il baissa les yeux en signe de contrition. Son sourire désarmant signifiait combien il était désolé et malheureux. Il enlaça sa mère.

— Lâche-moi, chéri, et regarde-moi, murmura Olivia. Ton amie Charlotte, tu la connais bien ? Vraiment bien si tu comprends ce que je veux dire ?

— Oui, je la connais très bien. Elle est un peu plus âgée que moi mais on traîne ensemble.

Emma, du fond de son canapé, qui écoutait d'une oreille faussement distraite, précisa :

— Ils ne traînent pas ensemble, ils sont ensemble.

César jeta les restes de son dîner dans la poubelle et, avant de quitter la cuisine pour les laisser seuls, glissa à l'oreille de sa mère :

— Je crois même qu'il est amoureux…

Olivia interrogea Ernest du regard. Il ouvrit les mains devant elle en signe de reddition, comme désarmé, sans un mot. Alors elle comprit et fut prise d'un vertige. Son fils de seize ans ! Quelques secondes de stupéfaction mêlées de silence.

— Pourquoi ne l'as-tu pas accompagnée ?

— Elle voulait pas. J'ai insisté mais elle préférait y aller seule. Je sors, là. Je vais la retrouver.

Alors elle se reprit, embrassa son fils sur la joue, lui ébouriffa les cheveux pour lui témoigner son soutien et lui glissa doucement à l'oreille que Charlotte allait bien, que la grossesse s'était arrêtée et qu'elle n'était pas en danger. Mais que son amie avait besoin de lui à ses côtés, même si elle pouvait prétendre le contraire.

— File ! Mais tu auras droit à un petit tête-à-tête avec moi samedi matin. On a des choses à se dire, non ? Nous irons prendre un petit déjeuner au café tous les deux. Aux Choux, ça te va ?

— Oui, maman.

Puis Olivia porta son attention sur César, qui était dans le jardin. Elle le rejoignit, son verre de vin à la main.

— Et toi, chéri, tu as eu le temps de surfer un peu après les cours ?

— Oui, mais j'ai remarqué un homme dans l'impasse tout à l'heure en rentrant de la plage. J'ai pas vu son visage parce qu'il portait une casquette, mais il était devant la fenêtre du salon. Il regardait à l'intérieur de la maison.

— C'est-à-dire ?

— Ben, un homme. Il était devant chez nous.

Silence d'Olivia. Elle voulut se ressaisir :

— C'est bizarre, personne ne rentre jamais dans l'impasse. Il cherchait quelque chose ?

— Je sais pas. Il m'a entendu arriver alors il est reparti vers la rue d'Espagne. Tu crois que c'est un cambrioleur ?

— Comment veux-tu que je le sache !

Elle sentit l'angoisse reprendre sa place, au creux de son ventre, et la broyer en silence.

Il devait être trois heures du matin, la pire heure de la nuit. Malgré sa fatigue, Olivia ne trouvait pas le sommeil. Comme si son cerveau continuait à se connecter, stimulé par une inquiétude diffuse. L'impasse où ils habitaient était assez protégée. Son entrée était cachée par un immense camélia et l'accès se faisait difficilement, après un virage serré dans un coude de la rue d'Espagne. La ruelle était si étroite que personne, jamais, n'y entrait sans une bonne raison. Même les livreurs cherchaient parfois sur le trottoir, juste devant. Et son rendez-vous avec cette jeune fille l'attristait. La probable responsabilité de son fils la bouleversait, la déstabilisait. Enfin, une liste infinie de petites choses à régler dans l'urgence finissait de la maintenir éveillée.

Elle se tournait et se retournait dans son lit, de plus en plus anxieuse aussi à l'idée de ne pas être assez performante au lever du jour. La perspective de sa première consultation saccageait la fin de sa nuit. Il lui faudrait pourtant être convaincante avec la patiente qu'elle recevait à neuf heures à la clinique. Une femme de quarante ans qui souhaitait confier son petit à l'adoption, dès la naissance.

15

Olivia arriva à la clinique la mine sombre. Elle salua ses confrères distraitement, sans prendre le temps habituellement nécessaire à la mise en route de sa journée : un café, un peu de bavardage, de brefs échanges avec sa secrétaire sur les urgences du jour. Elle s'enferma directement dans son bureau et se prépara. Après quelques minutes de calme absolu, elle prit une longue inspiration, regarda sa montre. Puis elle ouvrit la porte qui donnait dans la salle d'attente et pria sa patiente d'entrer.

— Madame Delain, c'est à vous.

Olivia affichait à présent un sourire affable et une attitude presque détendue. Personne dans le service n'aurait pu déceler la tension qui lui comprimait la poitrine. Elle savait comment procéder pour influencer sa patiente et n'allait pas hésiter.

— Comment allez-vous depuis notre dernier rendez-vous ?

Olivia l'accompagna dans la petite salle d'examens. Elle l'invita à se déshabiller, à se peser puis elle prit sa tension. Elle effectuait ces gestes habituels sans hésitation tout en continuant son monologue intérieur. Lors de ses années d'études et de pratique hospitalière, elle avait été souvent confrontée à des parents ou à des femmes isolées qui avaient fait le choix de confier leur bébé à la naissance. Elle avait assisté à plusieurs conférences sur ce sujet de société, qui touchait indirectement mais régulièrement la sphère obstétrique et connaissait les solutions concernant tous ces enfants. Et à chaque fois son cœur se serrait. Il lui était encore impossible d'appréhender cette décision de façon factuelle.

— Tout semble aller pour le mieux. Vous êtes à trente-neuf semaines et l'accouchement ne va plus tarder.

Elle savait que ces enfants, dont personne n'avait voulu lors de leur conception, ne seraient pas tous adoptés. Il leur serait alors difficile d'être en paix. Ces petits, en manque d'affection, ressentent principalement de la peur et c'est à travers cette émotion-là qu'ils grandissent. Ce sentiment empoisonne chaque moment de leur vie, même lorsqu'ils sont devenus des adultes. Il est si difficile de s'en éloigner, de maintenir à distance ou de contourner ce trouble.

— Votre tension est stable. Tout est parfait. Je vais vous faire une échographie de contrôle pour vérifier que le bébé est bien placé, la tête en bas.

Pour être honnête, elle savait aussi que certains enfants pouvaient échapper à cette souffrance. À condition d'être apaisés par l'amour d'une famille adoptante. Et encore, ce n'était jamais aussi simple, car les procédures étaient encore d'une complexité folle. Il était normal de vouloir confier ces bébés délaissés à des couples, des familles, des hommes ou des femmes dont on espérait la plus grande moralité, l'équilibre le plus parfait et un enthousiasme à toute épreuve. Mais les formalités sans fin décourageaient même les plus déterminés, et les petits orphelins, souvent, finissaient par grandir dans un orphelinat ou des familles d'accueil. Pour Olivia, c'était intolérable.

Parmi ses patientes, certaines avaient avorté, par conviction. D'autres, plus rarement, avaient confié leur petit à l'aide sociale à l'enfance et leurs résolutions avaient été réfléchies et inattaquables. Chacune d'elles avait été suffisamment consciente et décidée pour aller au bout du protocole légal prévu. Et si Olivia avait buté sur la volonté légitime de ces femmes, elle avait dû rapidement capituler.

Là, c'était différent. Olivia avait perçu, depuis la première consultation, le désarroi de cette femme de presque quarante ans, qui avait très tôt accepté d'abandonner l'enfant à la naissance. Mais ses hésitations, ses inquiétudes étaient difficiles à ignorer. Et Olivia avait immédiatement basculé dans un mécanisme de protection complexe, sur lequel elle n'avait pas envie de réfléchir. Mais elle n'était dupe de rien. Sa patiente, dans sa solitude, la touchait malgré tout. Lui faire accepter son enfant était son combat, sa mission.

Cela ne lui posait aucun problème d'éthique. Elle avait même admis devant Isabelle, sans une once de culpabilité, que, même si le monde entier se liguait contre elle en qualifiant ses agissements d'inacceptables, elle ne pourrait pas s'y soustraire. Secourir encore et toujours, ouvrir ses bras aux mères livrées à leur sort, comme une fatalité sans cesse recommencée, sauver les nouveau-nés de la solitude des orphelinats était le seul mouvement de sa vie.

Olivia avait évalué la situation sociale de cette patiente pour tenter de comprendre les raisons qui justifiaient son rejet de maternité. Dès lors, après chaque rendez-vous médical, assise face à elle dans les fauteuils confortables de son cabinet, elle avait prolongé les discussions, une tisane bien chaude à la main, jouant les codes d'une nouvelle relation non plus professionnelle, mais adoucie d'un semblant d'amitié afin de mettre en confiance la future maman isolée et vulnérable. Tout à son écoute, Olivia avait capté le sentiment profondément enraciné des incapacités supposées de madame Delain à être mère. Celle-ci ne semblait plus comprendre la différence fondamentale entre ce que les autres projetaient sur elle, ce qu'elle croyait être et ce qu'elle pouvait devenir.

Ses parents, âgés et ultraconservateurs mais surtout inaptes à la plus élémentaire empathie, lui avaient signifié qu'il n'était pas admissible, dans leur famille, d'être mère célibataire. Et elle les avait crus. Le délai pour avorter était dépassé, accoucher sous X lui était apparu comme la seule solution possible.

Au fil des semaines et de l'avancement de la grossesse, Olivia avait dépensé des trésors d'imagination afin de semer des perspectives heureuses dans l'esprit de sa patiente. Olivia avait affirmé que personne n'était responsable de ses parents et que, parfois, les relations amicales étaient plus constructives que des proches intransigeants. Sa vie sentimentale était inexorablement décevante ? Sa peur de n'être jamais en couple devenait une obsession ? Olivia avait expliqué, à mots posés, qu'un enfant aimé rend toujours ce qu'on lui a donné. Qu'il pouvait être le début d'un noyau familial stable et que le couple n'était pas toujours la voie obligée du bonheur. Avec précaution, Olivia lui avait même raconté des bribes de sa propre vie, orientant les événements de façon à servir sa stratégie. Elle évoquait sa famille, laquelle, bien que sans figure paternelle, était unie. C'était une vérité. Mais Olivia taisait ses nuits d'angoisse, ses problèmes d'argent. Et le remords d'avoir de manière consciente ou inconsciente privé ses enfants d'un père.

Avec un sourire irrésistible, elle avait conclu que, de toutes les décisions difficiles prises dans sa vie, avoir des enfants était celle qu'elle n'avait jamais regrettée. Pleine de patience, Olivia avait ainsi effacé une à une les croyances limitantes de sa patiente. Ce matin-là, après la consultation, elles bavardèrent encore un long moment.

Dans sa vie courante, à la clinique, avec ses enfants ou ses amis, quand Olivia devait exprimer son avis, elle allait droit au but, expliquait sans embarras ce qu'elle avait à dire, pour éviter toutes mauvaises interprétations. Le choix des mots était un exercice qu'elle maîtrisait à la perfection.

— Vous savez, vous êtes un cadeau pour une gynécologue. Je n'ai pas souvent de patientes aussi rayonnantes à ce stade de la grossesse. Cela vous va si bien d'être enceinte.

Et Olivia s'entêtait. Cette femme ne serait pas une mère défaillante, elle en était certaine. Fragile peut-être, incapable non.

Portée par la certitude de faire le bien, surestimant sa fonction, elle influençait cette femme, sans vraiment en mesurer les risques. Une emprise psychologique qu'elle imaginait dénuée de toute gravité.

Isabelle avait essayé de la raisonner, mais elle avait dû s'incliner. La compulsion de son amie à décider pour les autres n'était pas admissible. Elle le lui répétait, mais ses mises en garde restaient sans effet. En agissant ainsi, Olivia ne cherchait pas seulement à arracher un nouveau-né à des douleurs sans fin. Selon Isabelle, c'était plus complexe. Personne n'était dupe, surtout pas elle. Olivia lui répondait que tant que les adoptions seraient aussi compliquées, tant que des adultes responsables et équilibrés, désireux de prendre soin d'un enfant abandonné, ne pourraient pas en accueillir plus facilement elle n'avait pas d'autres choix.

Le rendez-vous se terminait et la patiente se rhabillait, quand Olivia lui asséna ses arguments les plus déstabilisants. L'air de rien, tout en classant ses dossiers, elle l'alerta sur l'irrévocabilité de son acte, comme si cet élément venait de lui traverser l'esprit. Puis elles discutèrent sur son éventuelle culpabilité à abandonner son bébé et les conséquences que cette décision aurait pour le restant de sa vie. Un renoncement à la chair de sa chair, qu'elle ne pourrait jamais oublier. Autant d'aspects psychologiques et sensibles auxquels elle devait penser. C'était urgent. Et, point plus délicat mais factuel, étant donné son âge, cet enfant serait sa dernière chance de fonder une famille.

— Je reste à votre disposition pour toute autre question et vous pouvez me joindre à la clinique à tout moment. Ayez confiance, je serai à vos côtés pour ce moment extraordinaire. Tout ira bien.

Pourtant, cette femme fragile aurait mérité un vrai accompagnement, respectueux de son choix, de sa personne. Et non l'illusion d'une écoute, d'une amitié qui ne servait que les névroses de son médecin. Elle se laissa donc docilement entraîner vers une autre perspective, celle de se croire assez solide pour prendre des décisions audacieuses. Apte à décider et à agir seule. Comment résister à cette nouvelle réalité, bouleversante : devenir une mère capable ?

Madame Delain quitta la clinique dans un état de conscience altérée, portée par une exaltation qui ne lui était pas coutumière. Elle s'engouffra dans le premier magasin pour « enfants et bébés » et resta de longues minutes devant les petits pyjamas, les chaussons et les bodys en coton bio que la vendeuse lui tendait en souriant.

La semaine suivante, à la naissance de son bébé, le délai légal de trois jours avant la déclaration à l'état civil ne lui servit à rien. Comme Olivia l'avait imaginé, la mère, bouleversée, avait aussitôt cherché à se remplir de son bébé, comme s'il allait lui être arraché. Les sages-femmes lui avaient proposé de l'allaiter. Dès lors, le lien s'était créé, déjà inaltérable. Au moment de signer le procès-verbal de remise en vue d'adoption, le choix était acté, certain. Les deux mois accordés pour se rétracter, sans formalité particulière, n'avaient même pas été envisagés. Elle ne voulait plus abandonner son enfant. Il n'y avait rien à ajouter.

Elle qui avait toujours douté structurellement de ses capacités, habituée depuis l'enfance à suivre le pas des autres, les idées des autres, la conformité des autres, venait, une fois de plus, d'être dépossédée d'un choix qui ne concernait pourtant qu'elle seule.

16

Les Choux, bar et restaurant, était surtout un repaire chaleureux pour Olivia, pour ses copains du quartier et pour ses quatre enfants, qui venaient y déjeuner ou y goûter régulièrement, en particulier les week-ends de pluie, laissant la note sur un carnet prévu à cet effet. Situé sur le trottoir en face de leur impasse, à l'angle de la rue d'Espagne et de la rue Harispe, le lieu était comme une annexe de sa cuisine et de son salon. Les fauteuils y étaient profonds, les thés délicieux, et les salades légères et colorées. Quand Isabelle y entra, la terrasse était pleine d'habitués qui comptaient profiter de la longue soirée d'été avant que la pluie, prévue en début de nuit, ne recommence à tomber. La salle était également bondée et le patron courait entre les tables. Elle s'assit en face d'Olivia, déjà installée, les yeux dans le vide.

— Alors ? Elle le garde ?

— Oui, elle s'est sentie capable.

— Tu t'es sentie capable de la convaincre. Ce n'est pas la même chose.

— Sans doute. Il lui a fallu du temps pour basculer de la peur vers le désir de maternité. Mais elle a fait ce chemin.

— J'espère qu'elle sera capable de l'élever.

Dans leur amitié, Isabelle avait, depuis toujours, un rôle de modératrice, bienveillante et solide. Isabelle condamnait l'emprise d'Olivia dans la vie de sa patiente influençable. Et, plus grave encore, sans qu'elle n'en mesure les risques et les conséquences. C'était une posture objectivement blâmable et une responsabilité déontologique qu'Olivia ne pouvait éluder.

— J'espère que c'est la dernière fois que tu fais un truc pareil.

— J'espère aussi. Crois-moi !

— Cette fois encore, tu es allée trop loin et j'ai vraiment peur que cela se retourne contre toi. Tu as décidé que ta patiente pourrait élever son enfant, ce n'était pas son choix, sa réflexion à elle. Or tu n'es sûre de rien. Cette femme n'est peut-être pas taillée pour le rôle. Comme ta mère, comme la mienne, comme moi.

Isabelle se savait, de fait, complice des agissements de son amie. Garder un bébé dont on n'avait pas voulu ne devait jamais être une solution imposée mais un choix paisible, découlant d'une réflexion approfondie. Mais ce qui comptait aux yeux d'Isabelle, c'était leur cheminement à elles, avec leurs névroses, leurs excès et leurs peurs. Elle était là pour les protéger et surtout protéger Olivia d'elle-même. Même si cette charge était parfois lourde à porter.

Ce qu'Olivia avait élaboré n'était ni légal, ni justifiable, ni moral. Mais que pesait la moralité face aux traumatismes jamais soignés de son amie ?

Sans doute leur histoire personnelle les avait persuadées qu'il était possible de changer un destin marqué par le malheur, à condition de croiser un beau jour la route d'une personne disposée à s'impliquer, à prendre le temps de comprendre, et surtout à tendre les bras et à consoler. Jusqu'à ce moment de leurs vies où, pour la première fois, un regard bienveillant et protecteur s'était posé sur elles, les deux petites filles avaient été ballottées de famille d'accueil en foyer. Elles avaient été victimes de grandes violences, mais, plus que tout, c'était le sentiment dévastateur de ne compter pour personne qui les avait anéanties. Mais un jour la chance avait tourné.

Quelques semaines après la mort de son mari et pour son dernier hébergement d'enfant, Marianne Ourbak avait voulu recueillir deux fillettes de son département. Il ne faut pas réfléchir au but de sa vie au moment où la vieillesse emporte tout. Très vite, cette femme d'un âge avancé avait fait les démarches nécessaires pour les adopter. Elle avait consacré son existence aux enfants de l'Assistance publique – appelée depuis l'Aide sociale à l'enfance – et avait compris que l'insurmontable chaos pour ces petits-là était l'accumulation des douleurs. Parmi elles, celle de n'avoir été créés d'aucune espérance. La grande faille était là. Et c'est ce qu'elle, leur « Mamma », diminutif de *Marianne* et de *maman*, avait voulu réparer. En les adoptant, en veillant sur elles avec amour, en les considérant comme ses propres filles, en les encourageant chaque jour, elle leur avait donné leur première preuve d'amour.

Marianne Ourbak vivait dans un village des Cévennes de moins de cent habitants. Elle n'avait jamais fait d'études et appliquait des principes d'éducation pleins de bon sens qui conciliaient amour et exigence. Grâce à cette femme intuitive, peu à peu les traumatismes des deux fillettes s'étaient atténués. Une réalité réparatrice, comme une autre genèse possible, s'était alors révélée et avait transformé leurs manques en belles réussites. Même si Olivia et Isabelle gardaient encore une souffrance et une fragilité certaines.

Les Choux ne désemplissait pas. Il faisait trop chaud, le ciel n'allait pas tarder à se zébrer d'éclairs. Un brouhaha confus envahissait l'espace et les fenêtres grandes ouvertes sur la rue ne laissaient passer qu'un air lourd, orageux. Olivia continuait à se justifier. Lasse, Isabelle lui posa la main sur le bras, doucement, comme pour arrêter le débit des paroles, des pensées, qui se bousculaient les unes contre les autres dans la bouche de son amie. Soudain Olivia s'arrêta et, observant Isabelle, vit dans l'attitude, dans le regard de celle-ci une anxiété. Comme si cette dernière se trouvait au bord d'un ravin, juste avant un glissement de terrain. Comme si, dans les petites secondes suivantes, elle allait être avalée par une émotion plus forte qu'elle, que le misérable garde-fou de son existence bien organisée n'allait pas résister à cette déferlante et qu'elle allait devoir sortir de l'ombre.

— Tu es pâle, Isa, ça va ?

Isabelle regarda autour d'elle, désorientée. On hésite souvent devant un désir. Depuis quelques mois, il lui arrivait justement de ne plus vouloir hésiter. Et cette évolution fragilisait les fondements mêmes de son système de survie.

Elle était en paix dans sa vie et sa solitude assumée était irrévocable. Depuis la mort de Marianne, Isabelle s'était construit une vie agréable, proche de celle d'Olivia et de ses enfants. Personne d'autre ne comptait. Ses journées à la clinique Ossuna à Biarritz étaient occupées, utiles, réglées. Ses week-ends, le plus souvent sportifs, étaient ponctués de marches dans la montagne basque et de séances de cinéma au Royal. Ses soirées solitaires et heureuses étaient nourries de lectures ou, occasionnellement, égayées de parties de tarot avec sa bande de randonneuses. Mais cette volonté de remplir ses jours masquait un vide, de plus en plus douloureux.

— J'ai fait le choix d'être seule. Je sais exactement pourquoi. L'irresponsabilité de ta mère ou la sauvagerie de la mienne. Si je n'ai pas eu d'enfant, c'est parce que j'en étais incapable, comme elles. Ce n'était pas une option possible pour moi. Mais c'est de plus en plus lourd à assumer.

Isabelle avait conscience que cet équilibre satisfaisant à présent vacillait. Une sensation inhabituelle se faisait ressentir dans sa poitrine. Comme une émotion générée par trop de renoncements.

Olivia lut dans ses yeux une souffrance d'enfant égaré. Est-ce que nos origines nous rattrapent immanquablement ? N'importe quand ? Seraient-elles éternellement renvoyées à leurs drames et à leurs souvenirs ? Isabelle avait choisi de rester enfermée dans ses blessures, d'esquiver le traquenard de la maternité et de résister à l'obligation de se marier et d'avoir des enfants, sans même y avoir réfléchi. Son désintérêt pour les choses du sexe, son implication professionnelle auprès de ses patientes, chaque jour, la nuit même parfois, la privaient ou la protégeaient, pensait-elle, de ce piège persistant. Olivia savait que, pour Isabelle, le manque d'amour dans sa toute petite enfance était une plaie inguérissable. On se construit comme on peut, avec ses blessures et ses drames. Certains s'en sortent grâce à leur instinct de survie. Cela n'a rien à voir avec la gravité des faits, mais plutôt avec une capacité à imaginer la suite de la vie. D'autres s'enterrent vivants.

La respiration plus saccadée d'Isabelle semblait lui couper un peu le souffle.

— Isa, tu te sens bien ?

— Ça va. Mais il y a des jours où je ne suis plus sûre de rien. Où je regrette de ne pas avoir eu ce courage. Ou cette inconscience. D'être restée au bord de tout, incapable d'aller vers les autres.

Isabelle pleurait en silence à présent et de petites larmes glissaient les unes après les autres le long de ses joues pâles. Elles se regardaient sans parler. Olivia s'accorda le droit de lui prendre la main sous la table, car celle-ci détestait les démonstrations émotionnelles. Quel terrifiant dilemme entre leurs besoins, leurs peurs continuelles et les désirs des autres. Se pourrait-il que tous les chagrins du passé finissent un jour par s'estomper ?

— Isa chérie, ton métier est d'aller vers les autres. Tu ne fais que ça à longueur de temps. Tu accompagnes les femmes à mettre au monde leurs enfants. Comment peux-tu imaginer être restée au bord de tout, alors que tu es impliquée le jour comme la nuit ?

— Non, j'ai décidé de me protéger de cette émotion. Mon métier me donne aux autres, moi, je suis restée vide. J'ai toujours eu peur que les manques se reproduisent, malgré moi, comme une malédiction, une fatalité, quelque chose qui serait là, dans l'ombre, dans mon ADN, dans le sens de la vie, dans l'histoire du monde. Quelque chose contre quoi on ne peut rien. Et maintenant c'est trop tard. Allez, ne t'inquiète pas. Je vais rentrer. J'aimerais arriver à la maison avant l'orage. On demande l'addition ?

Les deux amies se séparèrent devant le café. Isabelle monta dans sa voiture et Olivia attendit qu'elle démarre. Puis cette dernière entra dans son impasse et se dirigea vers chez elle, pensive.

Cette nuit-là, lorsque enfin Olivia sombra dans un profond sommeil, une silhouette fine s'infiltra doucement dans ses rêves. Celle-ci, tel un fantôme, passait à travers les murs de sa maison, les mains croisées sur sa poitrine, montait l'escalier, s'attardait dans les angles de chaque pièce, comme pour en graver l'espace, les possibilités de cachettes, se dirigeant d'une chambre à l'autre à la recherche de quelque chose ou plus exactement de quelqu'un. Dans une pièce qu'Olivia imagina être son salon, la silhouette parut un moment hésiter, dos à la fenêtre, sa chevelure blonde laissée libre sur ses épaules. Droite et presque immobile au milieu de la pièce, traversée par des lambeaux de brume. Elle prit un objet entre ses bras, un coussin peut-être, qu'elle se mit à bercer avec une émotion douloureuse. Lorsque Olivia se réveilla, le rêve ne s'était pas tout à fait dissipé. Il était encore présent à son esprit, mais incompréhensible. Comme un voile épais qui l'empêchait de reprendre conscience avec la réalité du jour. Olivia n'était pas en mesure de comprendre que cette impression diffuse, ce brouillard qui plombait ses paupières closes, était une trace, un appel laissé par une âme affolée à la recherche d'un enfant en danger.

17

Ce soir-là, quand Isabelle quitta Olivia, elle emprunta, comme chaque jour depuis sept ans, l'itinéraire rassurant vers sa maison d'Arcangues, située à quelques kilomètres de Biarritz. Elle habitait une vieille ferme basque, aux proportions parfaites, dissimulée dans un bosquet d'arbres au bout d'une petite route, en aval de la ferme de ses voisins, la famille Hiriart. Isabelle ne les connaissait pas vraiment. Depuis son arrivée, ils ne faisaient que se croiser et se saluaient de loin d'un mouvement de tête indifférent. Une fois, ils l'avaient invitée à prendre un café, mais sur le coin d'une table, et seulement parce qu'ils avaient un service à lui demander. Ils voulaient couper une partie d'une haie qui clôturait son terrain afin de dégager un accès plus facile vers leurs prés. Depuis, rien.

Après la route de Saint-Pée, elle bifurqua vers le chemin d'Haramburua au moment où l'orage creva le ciel. De lourdes gouttes de pluie s'écrasèrent sur son pare-brise et l'air chaud et suffocant de la soirée se dissipa enfin. Depuis quelques jours, des machines agricoles étaient mal garées, à la sortie des champs et le long des talus près de chez elle. Isabelle comprit qu'elle ne pourrait pas accéder en voiture jusqu'à l'entrée de sa maison. Elle devrait la laisser sous les grands châtaigniers, devant la ferme de ses voisins et parcourir les derniers deux cents mètres qui la séparaient de son portail à pied. Tous les ans en juin, à la période du moissonnage des céréales d'hiver, c'était la même pagaille. Les Hiriart demandaient de l'aide à des journaliers et tout ce petit monde envahissait son accès privé. Elle soupira, agacée.

Une fois ses phares éteints, elle réalisa combien le ciel était sombre. Aucun éclat de lune n'arrivait à percer l'épaisseur des nuages. Isabelle s'extirpa de sa voiture en faisant attention où elle mettait les pieds. Des tiraillements dans le bas de son dos, en fin de journée, l'inquiétaient et elle n'avait aucune envie de se faire mal. Elle claqua sa portière avec force, espérant que ses voisins l'entendent pour leur signifier clairement son exaspération. Ils devaient tous être dans la cuisine ou devant la télévision. Elle entendait un brouhaha derrière leur fenêtre, mais les rideaux de la vieille Hiriart lui cachaient le spectacle.

Il pleuvait à verse, il fallait se montrer prudente. Le chemin était trop inégal pour qu'elle ne soit pas attentive, en particulier aux creux, aux flaques et à ce qui pourrait la faire trébucher, car elle n'y voyait rien. Elle alluma la lampe torche de son téléphone portable et pointa le faisceau lumineux devant ses pieds. Sa soirée, passée à discuter avec Olivia, l'avait remuée. Elle avait toujours autant de mal à gérer ses émotions, c'était fatigant. À présent, elle se sentait vidée de son énergie et n'aspirait plus qu'à une chose : plonger dans un bain brûlant.

Isabelle progressait doucement. Elle entendait le vent qui faisait bouger les plus hautes branches des arbres. Même si elle n'avait pas encore d'appréhension particulière, elle frissonna soudain, remonta le col de son caban et accéléra un peu son allure. Isabelle n'était accompagnée que par le son de la pluie et l'écho de ses pas qui ricochaient tristement contre les murs en aluminium des bâtiments agricoles. Isabelle regretta de s'être garée aussi loin. Sa voiture, petite, aurait pu se faufiler entre deux tracteurs. Elle chercha ses clefs au fond de ses poches. Bizarrement, la peur la gagnait peu à peu. C'était idiot, sans fondement. Elle connaissait ce chemin par cœur. Isabelle essaya de se contrôler. Elle venait juste de dépasser la ferme des Hiriart. Si, par malchance, elle trébuchait sur une branche morte et qu'elle tombait, il lui suffirait de hurler pour que le vieux vienne l'aider. Il fallait qu'elle marche encore un peu dans ce sentier désert, peut-être une petite centaine de mètres, et elle serait arrivée. Elle s'enfermerait à clef et tout irait bien.

Tout à coup, elle entendit distinctement des pas. Des pas rapides, comme pressés de la rattraper. D'où provenaient-ils ? Des étables à la charpente métallique qu'elle venait de dépasser ? C'était probable. Qui donc sinon pourrait se trouver à une heure pareille sur cette portion du chemin, si ce n'est l'un des saisonniers ou le fils des fermiers ? Elle se retourna quelques secondes, juste le temps d'identifier les contours d'un homme, de grande taille, à trente mètres environ, qui avançait avec une sorte de balancement dans la dégaine. Le cœur d'Isabelle battait de plus en plus fort contre sa poitrine et une angoisse plus précise lui fit presser l'allure, mais elle se raisonna. Il ne fallait pas courir, au contraire, en aucun cas céder à la panique. Montrer sa vulnérabilité ne pouvait que donner de l'assurance à son agresseur, si la personne qui la suivait en était bien un. Alors elle continua sa marche, voulant donner de la contenance à sa silhouette hésitante.

Mais les pas semblaient se rapprocher encore. Pour Isabelle, cette précipitation était déjà, en soi, une menace. À présent, elle sentait que l'homme la talonnait presque. Que pouvait-elle faire ? Elle s'affola et décida brusquement de bifurquer à travers champs vers la ferme de ses voisins, qui lui ouvriraient sûrement et la raccompagneraient jusqu'à sa porte. Ils se moqueraient d'elle à coup sûr. Puis l'homme fut si près qu'elle sut qu'elle n'aurait jamais le temps d'atteindre la ferme des Hiriart. Quelques secondes de plus ne la sauveraient pas. Tétanisée, elle entendit une respiration haletante dans son cou et cette proximité effrayante lui laissa entrevoir la pire des issues.

On allait la tuer. Une ombre la frôla et la dépassa par la droite. Tout fut si rapide. Une main surgit, comme pour s'agripper à elle. Dans sa panique, elle se figea, pétrifiée. Elle ferma les yeux et chercha seulement à protéger son visage de ses bras.

Elle n'était pas en mesure d'affronter du regard son agresseur.

Quelque chose en elle céda et la terreur s'engouffra tout à fait, sans qu'elle ne puisse plus rien contrôler. Elle suffoquait, prise au piège, dans un état de vulnérabilité insupportable. Sa bouche s'ouvrit dans un hurlement qui creva le silence. Elle allait mourir, c'était certain. À cet instant précis, Isabelle eut la sensation de tomber dans le vide. Tout son corps bascula vers l'avant. Elle eut le réflexe de plier ses genoux. Le choc émotionnel fut si violent qu'elle perdit connaissance, et elle s'affaissa dans la terre boueuse.

Un peu plus tard, lorsqu'elle reprit ses esprits, le fils Hiriart était penché au-dessus d'elle et lui tapotait les mains et les joues.

— Et alors !? Vous nous avez fait une belle frayeur à crier comme ça dans la nuit. Vous avez vu un animal ?

— Quoi ? Non, quelqu'un. Il me suivait. Il était juste derrière moi. Dans le chemin.

— Calmez-vous. Allez, je vais vous aider à vous lever. Quelqu'un, ici ? Un gars à cette heure-ci et par un temps pareil ? Vous l'avez vu ?

— Oui, un type grand et maigre. Il me suivait.

— Mais non ! Faut vous calmer, c'est sûrement mon ado ! Il vient de rentrer de chez sa copine et il était drôlement en retard. Il coupe à travers champs, c'est plus court. Pas la peine de vous mettre dans un état pareil ! Allez, venez avec moi, ma mère va vous préparer un verre de patxaran. Ça devrait vous remettre d'aplomb vite fait bien fait.

— Votre ado ?

— Oui, Paco, vous le connaissez mon Paco quand même ! Un grand maigre. Il ressemble au grand-père.

— Oui, c'est ridicule. Depuis sept ans que je suis là, je n'ai jamais eu de problème, vous savez. Je me débrouille seule.

— Oh oui, on sait. Vous rentrez seule, vous sortez seule, à n'importe quelle heure du jour et de la nuit. Qu'il vente, qu'il neige ou qu'il pleuve, vous êtes seule. Mon vieux comprend rien à ce que vous faites. Rien de rien.

— Je suis sage-femme. Je sors quand on a besoin de moi, figurez-vous.

Une fois chez elle, remise de ses émotions, elle ferma ses volets, puis elle se glissa dans son bain. Lorsqu'elle se sentit de nouveau complètement protégée, dans sa maison, à l'abri, elle ressassa sa mésaventure. Qui avait bien pu l'attendre à cet endroit-là pour lui faire peur ? Le jeune Paco ? Cela n'avait aucun sens. C'était sans doute un saisonnier… Elle ferait attention.

18

C'était le dernier jour de classe avant les longues vacances d'été. Les deux battants des portes de l'école étaient grands ouverts. Pour la première fois de l'année, les élèves de l'école primaire pouvaient entrer et sortir comme ils le voulaient. Leurs cartables avaient été abandonnés contre les murs des salles du réfectoire, les maîtres, les maîtresses et la directrice, madame Huard, se mélangeaient aux parents présents. Dans l'air enfin saturé de légèreté et de projets, chacun avait relâché un peu de sa vigilance. Car ils étaient tous, parents, enfants, enseignants, arrivés au bout de cette année, des devoirs à faire, des poésies à apprendre, des fatigues, des maladies, des problèmes de garde, des angoisses et des petits drames enfantins… Zoia jouait dans la cour avec sa meilleure amie, la petite Fanny Crawford. Elle attendait ses frères, qui devaient venir la chercher après le lycée. Sans doute devaient-ils traîner un peu, eux aussi ? Il faisait un vrai temps d'été. Et Zoia eut une idée.

Olivia avait des enfants fiables. Elle était une mère confiante et juste, qui expliquait avec précision ses injonctions. C'est pourquoi ses demandes étaient presque toujours respectées. Mais à sept ans, l'âge de raison, il était naturel que Zoia, sans rien remettre en cause, s'approprie ses premières libertés, furtifs et grisants moments qui font grandir.

— J'ai de l'argent dans ma trousse, on va à la boulangerie acheter un goûter ?

— Chiche !

Libérés de toute contrainte horaire, parents et enfants lambinaient encore devant les grilles. Les fillettes profitèrent de l'allégresse générale et de la pagaille de ce dernier jour pour sortir de la petite école, à l'insu des surveillants. Elles traversèrent la rue, en se tenant par la main et en faisant bien attention sur le passage clouté. Il s'agissait juste de faire quelques pas anodins, loin de l'attention des adultes, loin de la vigilance de leur maîtresse. Les enfants deviennent des explorateurs dès qu'ils échappent aux regards qui les entourent. Et Zoia vivait cette première expérience comme une aventure exaltante. Elle serra plus fort la main de Fanny. Elles poussèrent ensemble la porte de la boulangerie.

— Bonjour, madame Bouron, on voudrait deux chocolatines, s'il vous plaît.

— Oui, les chéries. Ça vous fera deux euros et vingt centimes.

Et des bonbons ? Avaient-elles assez de pièces pour acheter des bonbons ?

Un homme d'une quarantaine d'années entra à son tour et patienta derrière les deux petites filles. Il lança un regard à la boulangère, amusé de les voir compter et recompter leurs centimes. Il annonça d'une voix légèrement traînante :

— Un sandwich au fromage, s'il vous plaît. Donnez-moi aussi le plus gros paquet de bonbons que vous avez.

Les fillettes l'observèrent du coin de l'œil, terriblement impressionnées par son aisance financière. Une fois dehors, sur le trottoir, avant de reprendre le passage piétons pour revenir vers l'école, l'homme leur tendit le paquet de bonbons.

— Tenez, c'est pour vous que je l'ai acheté. Moi aussi, j'ai une petite fille de sept ans. Ça me fait plaisir de vous l'offrir.

L'homme avait un accent chantant et guttural qui étonna Zoia. Il chercha quelque chose dans les poches arrière de son pantalon et sortit un paquet de cigarettes.

— Comment vous savez qu'on a sept ans ? lui demanda-t-elle.

Il ne répondit rien mais lui renvoya un long sourire.

— Oh, merci. C'est super-gentil, s'empressa de dire Fanny en attrapant sans hésitation le sachet multicolore.

Zoia n'était pas très à l'aise. Une bêtise, ça peut arriver. Deux bêtises, c'est plus compliqué à expliquer à sa maman. Quel enfant ne sait pas qu'il ne faut jamais, jamais, jamais accepter des bonbons d'un inconnu ?

— Viens, Fanny, on retourne à l'école.

Et elle prit son amie par la main.

L'homme traversa en même temps qu'elles, son regard posé sur Zoia, avec une sorte d'émerveillement, que ne masquait pourtant pas son air agité, comme fiévreux. Elle l'observa sans timidité. Les joues de l'inconnu étaient creuses, sa peau fine et blanche, aussi sèche que du papier, et ses yeux sombres semblaient s'enfoncer dans des trous noirs. Un zombie, voilà à quoi il ressemblait, pensa Zoia. Elle en avait vu dans les bandes dessinées de ses frères. Des silhouettes des ténèbres qui se lèvent la nuit dans les cimetières, marchent sur les tombes et paraissent invulnérables malgré leur démarche claudicante.

— Viens, Fanny, dépêche-toi.

— Attends ! C'est gentil, monsieur, pour les bonbons. Merci beaucoup. Au revoir.

— Oui, au revoir. Allez, Fanny. Viens !

L'homme continua pourtant à la dévisager. Indifférent au monde autour de lui, animé d'une seule pensée, il lança :

— Comment tu t'appelles, toi ?

Zoia garda le silence, mais Fanny répondit à sa place :

— Elle s'appelle Zoia.

— Zoia…

Il resta un moment silencieux. Souriant et immobile, tirant sur sa cigarette.

— Tu sais de quel pays vient ton prénom ?

— Oui, c'est un prénom grec, et ça veut dire « la vie ».

— Zoia, c'est aussi le plus joli des prénoms moldaves.

Elle n'avait pas peur et ne se sentait pas vraiment coupable d'avoir accepté les bonbons du monsieur, parce que les parents de l'école n'étaient qu'à quelques mètres d'elles et que la directrice, madame Huard, à qui rien n'échappait, leur faisait signe de se rapprocher du portail. Zoia entendit un bruit de scooter reconnaissable entre tous et se retourna. Ernest et César arrivèrent à la hauteur des petites filles.

— Salut, Fanny !

— Salut.

— C'est quoi cet énorme paquet de bonbons, c'est pour fêter la fin de l'école ?

— Non, c'est lui qui nous l'a offert.

Et elle tendit le doigt vers la silhouette de l'inconnu, qui s'éloignait tranquillement.

Il avait un pas incertain, comme s'il avait du mal à se déplacer, à poser ses chaussures l'une devant l'autre. Comme si ses jambes n'étaient pas vraiment articulées et qu'elles obéissaient à leur volonté propre. Comme s'il y avait du vide sous ses pieds. Oui, il avait une démarche de pantin, de marionnette. Ce qui accentua, dans l'esprit de Zoia, l'idée qu'elle avait peut-être rencontré un vrai zombie.

Ernest et César suivirent naturellement le regard de leur petite sœur et croisèrent celui de l'homme en noir, qui se retourna une dernière fois pour leur adresser un signe amical de la main. Puis il jeta son mégot sur le trottoir et l'écrasa du bout de sa botte.

Il avait le sourire d'un assassin.

— C'est qui ?

— On sait pas !

— Il ressemble au type qui était dans l'impasse l'autre jour, remarqua César.

— Tu délires !

— Non, je rigole pas. C'est ses bottes. Le mec aussi avait des bottes de cow-boy.

— On le dira à maman.

— Ah non ! répondit Zoia. Si vous lui dites qu'un monsieur nous a offert des bonbons, moi je dis que vous sortez par la porte du jardin tous les soirs quand elle est couchée.

Ce soir-là, Olivia, allongée dans l'herbe sur une vieille couverture, observait Zoia, qui lisait dans son hamac préféré, sous le vieux noyer du jardin. L'une de ses jambes dépassait du tissu rayé blanc et rouge et le lent roulis qu'elle imposait à cette balançoire improvisée, du bout de son pied délicat, donnait à ce moment toute sa délicieuse tranquillité. Pour le dîner, elle avait préparé une ratatouille froide, du jambon de pays et toutes sortes de fromages, disposés sur la nappe en coton et qui attiraient déjà les guêpes du quartier. Elle attendait Isabelle, qui se joindrait à eux et apporterait un gâteau basque à la cerise noire. Les garçons devaient être dans leur chambre, penchés sur leurs jeux vidéo débiles. Olivia fut frappée, une fois de plus, par l'attitude sereine de sa benjamine. Sans doute par la maturité nouvelle qui commençait à émerger de cette enfant concentrée et sage. Comme une force. Olivia captait souvent le regard grave que Zoia posait sur les gens, sur les adultes qu'elle analysait avec un aplomb et une finesse inhabituels pour une petite fille de son âge. D'où venait cette faculté de raisonnement ?

Elle eut une pensée, comme elle en avait parfois, pour la jeune Olga et pour ce type, le proxénète. Quelle était l'influence des gènes de l'un et l'autre dans le devenir de cette enfant ? Devait-elle craindre pour Zoia une prédisposition pour le cynisme de son père biologique ou au contraire pour la docilité de sa mère naturelle, qui avait gardé sa gaieté jusqu'au bout, malgré ses souffrances et les humiliations constantes ?

Olivia n'avait jamais oublié les origines de sa fille. Ce Razvan d'une cruauté effroyable, qui avait laissé mourir Olga. Se pourrait-il que Zoia porte en elle une trace, une hérédité psychologique inquiétante ? Et que pesait son amour à elle, son exemple, son regard, son écoute et la présence de sa sœur aînée, Emma, et de ses deux frères dans cet amalgame ? Olivia espérait qu'elle prendrait le meilleur de chacun et qu'elle trouverait un équilibre satisfaisant.

— Maman !

— Oui, chérie ?

— C'est où la Moldavie ?

19

Le sang d'Olivia se figea dans ses veines. Une langue d'air glacé la frappa au visage et la paralysa quelques secondes. Zoia pensa, en regardant sa mère, qui s'était soudainement raidie, que la Moldavie devait être un pays très lointain. Olivia courba involontairement ses épaules et se rassembla sur elle-même. Puis se redressa d'un bond, comme si elle avait cherché à parer un coup mortel. Son cœur battait violemment contre ses côtes.

Alors, tout s'écroula. Cette harmonie, cette construction patiente qui consiste à consolider les uns avec les autres, jour après jour, les multitudes de gestes, de mots, d'actions, de rêves, de tendresse, de projections pour en faire une vie de famille, venait de se désintégrer en mille éclats de verre tranchants. Elle s'approcha du hamac dans lequel sa fille se balançait, innocemment, et regarda tout autour d'elle. Son esprit éloigna résolument toutes pensées parasites pour se concentrer uniquement sur l'objet de ses craintes. Zoia.

Olivia connaissait ses classiques. L'angoisse a des fonctions positives et lorsqu'elle n'a ni nom, ni contours, ni raison elle est beaucoup plus difficile à combattre. Elle se souvenait qu'à chaque fois qu'elle avait choisi la sécurité ou la fuite ses peurs l'avaient rattrapée. À présent, il lui était impossible de croire que rien n'allait jamais arriver à Zoia. Il était temps d'affronter la menace, car celle-ci venait de prendre une forme précise et une identité : le proxénète, Razvan. Sans doute avait-il traîné dans l'impasse Iratze-Zabal, sans doute savait-il où ils habitaient, sans doute était-il entré chez elle l'autre nuit. Sans doute avait-il pris Zoia dans ses bras pour la changer de pièce. Sans doute l'avait-il regardé dormir. Sans doute l'avait-il approchée, lui avait-il parlé et, sans aucun doute, cet homme dangereux n'avait peur de rien, car il avait l'habitude d'obtenir ce qu'il voulait, quel qu'en soit le prix. Elle devait se préparer à affronter le pire. Trouver le moyen de protéger Zoia. En cela, Isabelle allait les aider.

Comme cela lui arrivait souvent, ses préoccupations l'avaient arrêtée dans ses mouvements. Sa fille s'était remise à lire, étrangère aux tourments de sa maman. Alors, Olivia s'obligea à élargir ses pensées, à revenir dans la réalité. Elle respira profondément, se rapprocha de la table du dîner et se servit un grand verre d'eau fraîche. Elle tremblait.

Comment ce type avait-il retrouvé leur trace ? Elle avait changé de ville, de numéro de téléphone et il était peu probable qu'il ait connu son nom de famille. Comment avait-il abordé Zoia et où ? Et pourquoi sept ans après sa naissance ? Pour la récupérer ? Pour l'enlever ? Olivia ne devait pas se laisser envahir par les questions qui se bousculaient dans sa tête. Au même moment, Ernest et César sortirent de leur chambre et déboulèrent en chahutant dans le jardin.

— Maman, on peut avoir un morceau de pain ?

Olivia les regarda sans réagir, encore tétanisée et le front strié de plis soucieux.

— Maman ?

— Oui, oui, pardon. J'ai oublié d'en acheter ! Allez-y vite, les garçons.

— Non, c'est moi, j'y vais, dit Zoia en sautant du hamac.

Et Olivia hurla. Un cri soudain, disproportionné, qui exprima la panique dans laquelle elle se débattait.

— Non, toi tu restes ici !

Ses enfants se figèrent devant la violence de sa réaction. Zoia observa sa mère sans rien comprendre de l'affolement qui marquait son visage, elle qui les incitait toujours à l'autonomie.

— Mais maman, j'ai sept ans !

Ce fut trop dur pour Olivia : à la vue de la silhouette enfantine et gracile de Zoia, imaginant ce que ce type pourrait potentiellement lui faire subir, elle eut un haut-le-cœur. Tout bourdonnait autour d'elle et c'était comme si une ample musique angoissante venait d'entrer en écho avec les battements de son cœur. La pulsation régulière se propageait en elle, jusqu'à se fracasser au beau milieu de son crâne. Elle entendait le son lourd et profond et les vibrations qui semblaient résonner douloureusement en elle, comme des vagues successives.

Elle chancela, prit appui sur la table du jardin et sentit la sueur ruisseler le long de sa colonne vertébrale. Elle attrapa d'un geste fébrile quelques mèches de cheveux qui tombaient devant ses yeux et les emprisonna dans un élastique noir qu'elle portait souvent à son poignet. Pivotant sur elle-même, elle se pencha contre le tronc du noyer et fut traversée par de violents spasmes abdominaux. Elle eut alors le souvenir fugace de ne pas avoir eu aussi peur depuis l'âge de huit ans. Elle s'était alors retrouvée dans l'angle d'un mur, pour échapper à une correction. Olivia ne se rappelait même plus sa bêtise. La femme chez qui elle était placée avait des mains larges et plates qui l'avaient attrapée tandis qu'elle cherchait à s'enfuir. Elle l'avait battue jusqu'à ce qu'Olivia perde connaissance. Aucun adulte présent n'était intervenu, aucun n'avait été inquiété par l'assistante sociale. Elle avait juste changé de famille d'accueil, une fois de plus.

Cette sensation d'être de nouveau acculée dans un piège lui souleva le cœur.

Zoia eut, la première, une perception d'autant plus aiguë de l'anxiété de sa mère qu'elle la trouvait inappropriée. Les garçons, eux, la regardaient encore sans pouvoir rien interpréter.

— Ça va, maman ? T'es malade ?

— Ce n'est rien. Ça va passer.

Ernest remarqua d'abord l'inquiétude de sa petite sœur, son air soucieux, ses sourcils légèrement froncés, ses yeux focalisés sur leur mère. Puis il capta lui aussi la tension nerveuse qui les entourait tous. Il savait, depuis longtemps déjà, que sa mère n'était pas tout à fait comme les autres. Pour lui, elle était un roc, inébranlable. Mais, pour la première fois, il perçut chez elle une fragilité, une faille. Sous sa posture droite et son sourire qu'elle voulait montrer paisible, il devina un peu de son ambivalence. Elle pouvait être la femme médecin remarquable et forte, admirée par tous ou presque ; et la mère confiante et concernée. Mais peut-être traversait-elle aussi des doutes abyssaux, des chagrins tenaces, des incertitudes éprouvantes ? Ernest eut envie de la prendre dans ses bras, de la serrer contre lui, le plus fort possible. Il n'y avait pas d'homme dans la maison, pas de père, pour aucun d'entre eux. Sa mère était donc en première ligne chaque jour, seule et responsable.

Il se promit d'être plus attentif.

Olivia rassembla ses idées. Paralysée par l'angoisse, elle respira avec application et s'obligea à se recentrer sur l'instant. Pour l'heure, sa famille était en danger, c'était certain. Mais elle ne devait pas capituler et, surtout, n'inquiéter personne.

— Allez-y tous les trois. Achetez un gros pain de campagne mais ne traînez pas. Restez bien ensemble. Et ne parlez à personne, c'est compris ?

Il venait de se passer quelque chose de trop étrange pour que l'un des garçons ne parlemente. César saisit la main de Zoia et, avec Ernest, ils partirent vers la boulangerie.

En les voyant s'éloigner, Olivia se demanda comment décrire l'attachement viscéral qu'elle éprouvait pour ses enfants. Cette animalité particulière qui l'avait étreinte à leur naissance ? Il est difficile de mettre des mots sur une émotion aussi forte. Avant même de concevoir Emma, son amour pour elle était déjà ancré dans une partie de son corps insoupçonnable, encore inconnue. Avant même qu'Emma ne pousse son premier cri, Olivia aurait été capable de donner sa vie pour ce petit être en devenir. Et avant même qu'elle n'ait une seule minute de vie, elle aurait pu tuer pour la protéger. Déchiqueter quelqu'un avec ses dents et faire preuve de la plus pénible barbarie pour la sauver. Pour Ernest et César, le processus maternel avait été identique, tout aussi primitif. Mais pour Zoia, qu'elle n'avait ni imaginée ni portée, mais mise au monde du ventre d'une autre, cet amour si particulier s'était imposé à elle. Car l'amour prend parfois des chemins de traverse, il se fraye une trace, tout doucement, et un jour il est là et c'est ainsi.

20

Enfin, elle entendit Isabelle qui venait d'arriver dans la cuisine et cherchait un plat pour son gâteau basque.

— Ouh ouh ! Vous êtes où ?

Olivia se détendit presque aussitôt.

— Dans le jardin, viens ! Dépêche-toi.

Olivia n'avait que quelques minutes avant le retour de ses enfants pour lui faire part de ses inquiétudes. Si elle avait retrouvé un calme apparent, elle ne cessa pas un seul instant de se tordre les mains. Mais elle sut donner des explications concises à son amie. Elle pensait sérieusement que le souteneur de la jeune prostituée, qui l'avait enfermée dans la chambre le jour de la naissance de Zoia, son père donc, rôdait autour d'eux. Isabelle lui demanda un récapitulatif des faits qui l'avaient alertée. Olivia lui raconta tout : la nuit où Zoia n'était plus dans son lit, le bruit de la porte d'entrée, le mégot sur l'évier, l'accident d'Emma, et l'étrange question de Zoia sur la Moldavie… Après un bref instant de silence, Isabelle s'ouvrit à Olivia :

— Moi aussi. J'ai été suivie l'autre nuit quand je suis rentrée chez moi après notre verre aux Choux.

— Pourquoi tu ne m'as rien dit ?

— Parce que je ne suis sûre de rien. Je n'ai pas été agressée mais quelqu'un m'attendait et m'a poursuivie sur le chemin. J'ai eu tellement peur que je me suis évanouie. Mon voisin, le fermier, était au-dessus de moi quand j'ai repris mes esprits. Il dit que c'était son fils. Un ado dégingandé qui rentre tard et qui n'est pas très malin. J'ai aussi pensé à une mauvaise plaisanterie.

Les deux garçons et Zoia rentrèrent avec le pain. Après avoir été appelée plusieurs fois, Emma descendit doucement de sa chambre, elle boitait encore, puis tout le monde s'installa enfin à table. C'était un joli soir d'été. Des insectes bourdonnaient sous le noyer, le temps semblait immobile et les minutes s'égrenaient paresseusement, comme si le dîner allait durer toujours, comme si le soleil n'allait jamais disparaître au large de la côte des Basques, que les angoisses d'Isabelle et d'Olivia pouvaient être mises de côté quelques heures et que leur malaise se diluerait ainsi dans la douceur de cette fin du jour. Les enfants discutaient joyeusement, libérés de leurs contraintes scolaires ou universitaires. Emma avait fini son année brillamment et se réjouissait de vivre ses premières journées d'été entre la plage, son petit copain, ses amis et les bars autour des halles. Ernest et César, eux, en vue d'une compétition de surf, allaient suivre un programme d'entraînement intensif, soumis à l'horaire et à l'amplitude des marées. Il était prévu que, chaque matin, Zoia aille à un stage de dessin, puis qu'elle rejoigne son amie Fanny et sa mère, Nicole, à partir du déjeuner. Elles devaient ensuite retrouver d'autres copains à la plage de la Côte-des-Basques. Tout le quartier savait qu'Olivia travaillerait tous les jours de l'été, ou presque. En plus de ses patientes habituelles, elle gérait les suivis de grossesse de jeunes femmes en vacances dans la région. Elle avait donc besoin d'une armée de bonnes volontés pour garder sa dernière fille.

Assise entre Emma et César, Isabelle les écoutait, avec une complicité acquise, parler de leurs projets et affichait une attitude apaisée. Pourtant, une légère tension nerveuse contractait ses épaules et sa nuque. Elle lança un regard vers Olivia puis se leva un peu trop brusquement pour débarrasser la table. Ernest capta le signal agité que sa mère renvoya à son amie.

Pendant toute la soirée, leurs yeux s'étaient croisés. Elles devinaient, à la seconde même, les intentions et les pensées qui traversaient l'autre. Cela avait été ainsi depuis le début. Une connivence, une réciprocité idéale qu'elles n'avaient pas eu besoin de construire. Elles étaient comme les deux faces d'une même médaille. Olivia, dont l'angoisse broyait le ventre, avait toujours mal au cœur. Elle hâta le terme du dîner.

— Bon, les enfants, soyez gentils, finissez votre part de gâteau et dépêchez-vous, je suis fatiguée. Déposez tout dans l'évier. Je finirai de ranger la cuisine plus tard. Quant à toi, Zoia, les dents et au dodo.

— Je peux lire un peu ?

— Oui, si tu veux. Mais tu éteins vite la lumière. Il est l'heure de dormir.

Un peu plus tard, calées au fond de leurs chiliennes confortables, sous le noyer, les deux amies reprirent leur discussion là où elles l'avaient laissée.

— Olivia, la peur est un poison. Je le sais, tu le sais. On doit s'en débarrasser. Et la seule façon de procéder, c'est d'affronter le problème.

— Tu proposes quoi ?

Isabelle se leva et s'agenouilla près d'elle, comme pour lui dire un secret. Un sentiment fort l'envahissait et elle semblait détendue, imperturbable. Dans la belle lumière du soir, son visage doux se pencha vers celui de son amie. Elle sut encore trouver les mots dont Olivia avait besoin.

— Visiblement, il nous provoque. Son message est clair et il veut nous faire peur : je sais où vous habitez et je ne suis pas loin.

— Il va falloir partir ?

— Non, calme-toi. On va chercher ce taré et le coincer. Il faut comprendre ce qu'il veut obtenir et pourquoi.

— Je ne sais pas, Isa. Il serait peut-être plus prudent qu'Emma et Zoia s'en aillent quelque part tout l'été, loin d'ici.

— Tu es folle ? Tu dois te confronter à lui, sinon tu ne sauras pas. Au mieux, il veut juste connaître Zoia. Au pire, il veut la récupérer ou l'enlever et la faire disparaître de nos vies. Entre ces deux hypothèses, tout est possible. Tu ne pourras jamais protéger Zoia si tu ne connais pas ses intentions et si tu ne l'obliges pas à te les dire.

— Et tu penses t'y prendre comment ?

— On le traque, on le piège et on lui demande. C'est aussi simple que ça. Une fois que l'on sait où il traîne et ce qu'il fait de ses journées, on réfléchira au mode opérationnel.

— Comment veux-tu que l'on fasse le poids, Isabelle ?

— C'est-à-dire ?

— C'est un homme dangereux, sans aucune limite et probablement armé.

— Nous aussi ! Nous sommes des femmes potentiellement dangereuses et sans limites. Et nous pouvons être armées ! Il sait que Zoia n'est pas ta fille, biologiquement parlant, et que ce serait très facile à prouver. Mais ce n'est pas sur ce terrain légal qu'il revient. Il rôde, il nous provoque à tour de rôle pour nous fragiliser mais nous n'allons pas paniquer parce que c'est exactement ce qu'il attend. De plus, nous avons un grand avantage sur lui.

— Lequel ?

— Il ne pourra jamais imaginer de quoi nous sommes capables. C'est une chance de plus de le neutraliser avant même qu'il ne réalise ce qui lui arrive.

Olivia se décomposa. Depuis sept ans, isolées avec ce lourd secret, elles n'avaient plus d'autre choix que de se débrouiller seules. Quel juge comprendrait leur décision folle le jour de la mort d'Olga ? Si Olivia déposait une main courante au commissariat, elle avait peu de chance que cela serve à quelque chose. Et si elle révélait la vérité à la police, Zoia lui serait immédiatement retirée, arrachée à ses frères et à sa sœur, à sa vie, confiée à une famille d'accueil. Sortiraient-elles un jour de cette malédiction, de cette menace qui les cernait depuis toujours ? Elles avaient affaire à une ordure. Que faire ?

— Tu penses à quoi quand tu parles de le neutraliser ?

— Il est question de protéger ta fille d'un type dangereux. On ne va pas hésiter.

Il s'agissait donc de cela ! D'aller jusqu'à buter éventuellement ce mec. Comment tuer un homme de sang-froid, même s'il représente un grand danger ?

Olivia savait qu'il ne lui serait pas si facile de faire une chose pareille. Parce qu'elle avait un minimum de moralité et qu'elle était fatiguée de se battre. Tuer quelqu'un nécessitait une vigilance et une maîtrise de soi hors du commun. Elle n'était pas certaine d'en avoir la force. Ses réflexions fusaient à l'intérieur de son crâne, avec l'urgence de trouver des solutions pour contrecarrer ses peurs. Elle en avait assez. Un accablement l'engourdissait.

— Le proxénète, il s'appelle comment déjà ?

— Razvan, si je me souviens bien. Quelque chose comme ça. Si nous nous en sortons, je dirai la vérité aux enfants et d'abord à Zoia.

— Je ne crois pas que ce soit très malin, ma chérie.

Olivia était structurellement incapable de lâcher prise, d'apprécier la légèreté. Elle avait marché droit, avait su s'adapter, se remettre de ses déceptions amoureuses, elle avait prévu, anticipé, contrôlé, cadré chaque détail de sa vie de famille, de leurs vies. Et pour en arriver là ? À quarante-cinq ans, dans un jardin, un verre de vin à la main, complotant sous un noyer pour dézinguer un pauvre con. Elle étouffait. Le risque que représentait cet homme déstabilisait tout son petit équilibre, le broyait, l'anéantissait.

Isabelle, elle, affichait un air assez tranquille, ce dont Olivia ne s'étonna pas : Isabelle résistait à la peur et au danger par l'esprit ; Olivia par le corps, avec toutes sortes de manifestations physiques violentes qui exprimaient sa révolte ou ses angoisses.

— Dans un premier temps, nous allons mettre une alarme périmétrique autour de chez toi et dans ton jardin. S'il s'approche ou passe par le jardin, tu recevras une alerte sur ton portable. Je m'en occupe demain. Et nous ferons des tours de garde pour surveiller l'entrée de l'impasse. Avec un peu de chance, nous le repérerons rapidement et nous le suivrons pour savoir où il habite et là, nous aviserons.

— Je me sens mal, Isa. J'ai encore envie de vomir. Tu réalises un peu ce que nous devrons faire ?

— Calme-toi ! Nous n'en sommes pas là. Mais oui, il faut aussi envisager le pire.

Un cas de légitime défense, et assurément une belle vengeance. Mais Olivia était malmenée par des sentiments violents. Comme toutes les femmes à la fois fortes et douces, elle devait sans cesse réajuster des émotions, souvent incompatibles.

— Isa, je ferai ce qu'il faut, mais sache que rien ne m'intéresse moins que la vengeance.

21

Le mois de juillet se finissait dans le chaos. Les vacanciers étaient à présent installés dans leurs maisons de location et tout devenait plus compliqué… La chaleur était terrible et les Basques, peu habitués à traîner sous des températures qui dépassaient allègrement les trente-cinq degrés, perdaient patience face aux touristes trop nombreux et trop envahissants. Tous ces gens à enjamber à la plage, à contourner au marché, à éviter dans les parkings, dans les rues, au Bookstore, à la droguerie Uhart, aux halles, chez le poissonnier du vieux port, à la boulangerie de la Baleine. Il fallait renoncer pour quelques semaines à la tranquillité de la ville et s'adapter sans trop râler.

Lorsque Olivia rentra de la clinique, exaspérée et fatiguée par les embouteillages, elle trouva Ernest assis sur un tabouret haut de la cuisine, dévorant une tartine de pain et du fromage. À son air préoccupé, elle comprit que quelque chose, dans le bel été de son fils, ne se passait pas comme il l'aurait souhaité.

— Bonsoir, mon chéri, tout va bien ?

— Bonsoir, maman.

— La société Saint-Jour devait installer une alarme autour de la maison. Ils sont passés ?

— Oui, Isabelle était là ce matin pour leur ouvrir.

Ils viennent juste de partir. C'est fait. Isa doit t'expliquer comment la mettre en marche et l'éteindre. Nous aurons tous un bip à notre trousseau de clefs.

— En voilà une bonne nouvelle !

— Mais maman, on a toujours tout laissé ouvert. Pourquoi tu mets une alarme tout à coup ?

— Il y a ce type qui rôdait dans l'impasse l'autre jour. Et puis des cambriolages dans le quartier. Je rentre tard de la clinique et je me sentirais plus rassurée avec cette protection. Si quelqu'un entre dans le périmètre de la maison, je reçois un appel de la société de surveillance.

— Bon, OK, mais tu es un peu parano, non ?

— Justement je ne crois pas…

Ernest marqua un silence gêné avant d'ajouter :

— Maman, j'ai besoin de te parler en tête à tête depuis un moment et on n'a pas encore trouvé le temps. Zoia dessine dans sa chambre et Emma et son copain sont dans le jardin.

— Ils dînent ici ?

— Thomas, non. Il est juste venu la voir. Emma a encore trop mal à la cheville pour retrouver leurs potes aux halles. Elle reste à la maison ce soir.

— Et César ?

— Il vient de sortir de l'eau. Il nettoie sa planche et sa combi et il rentre. On peut commander des pizzas pour ce soir ? Et boire un verre tous les deux aux Choux avant le dîner ?

Olivia posa ses clefs sur le meuble de l'entrée puis le dévisagea attentivement. Elle ne décela aucune tristesse dans les yeux de son fils, c'était déjà ça, plutôt une inquiétude contenue et prête à se déverser.

— Aucune chance que je vous commande des pizzas. Tu me prends pour qui ? Mais partante pour boire un verre avec toi. Je trouverai de quoi faire un dîner rapide en rentrant. Laisse-moi le temps de prévenir Emma que l'on sort tous les deux, d'enfiler un jean et de changer de chaussures.

Ernest lui sourit. Ce n'est pas encore ce soir qu'ils échapperaient à la salade de quinoa ni aux toasts à l'avocat…

Une fois installés à leur table préférée, Olivia attendit quelques instants que la parole de son fils se délivre. Inutile d'engager la conversation sur des banalités. Ils étaient assis côte à côte, l'un pour se confier et l'autre pour écouter, l'un pour s'épancher et l'autre pour recevoir, l'un pour s'alléger et l'autre pour supporter.

— Tu veux boire quelque chose ?

— Je peux prendre une bière ?

— Bien sûr, à un mois de tes dix-sept ans, tu peux boire une bière !

Elle héla le patron des Choux.

— Christian, une bière et un verre de chablis, s'il te plaît.

Le caractère affirmé d'Ernest et sa volonté en toutes circonstances l'aidaient à avancer sur les chemins hasardeux de l'adolescence. Pour lui, la vie n'était encore qu'une succession de choix, plus ou moins sérieux, plus ou moins engageants. Lorsqu'il avait une décision à prendre, il écoutait les conseils, réfléchissait puis tranchait. Comme sa mère, son impulsivité ne l'empêchait pas de rester cohérent et il affrontait chaque situation de façon logique. Paradoxalement, il laissait toujours à ses émotions le mot de la fin. C'était donc le digne fils d'Olivia.

— Maman, tu as compris, bien sûr ? Charlotte était enceinte de moi.

— Oui, j'ai compris. Pourquoi ne l'as-tu pas accompagnée à la clinique ? Elle est venue seule, ce n'est pas très sympa.

— Elle n'a pas voulu. Sa mère devait être avec elle. Mais au dernier moment, elle l'a plantée.

— Vous êtes ensemble depuis longtemps ?

— Non, mais ça fait un moment que je pense à elle. On se croise au lycée depuis la seconde. J'ai pas été très malin. Un soir, c'était pas prémédité, on a passé la nuit tous les deux. Et bref… c'est à cause de moi qu'elle est tombée enceinte.

— Non, mon chéri, ce n'est pas uniquement à cause de toi. Il faut être deux pour ça. Et il me semble que ton amie Charlotte est un peu plus âgée. Et qu'elle est majeure, contrairement à toi. Et puis on ne dit pas « tombée enceinte ». Ce genre de chose ne te tombe pas dessus.

— Si. Elle, elle avait jamais eu d'histoire avec personne. Et moi, je pense que tu t'en doutes, c'était pas une première. Tu m'as souvent briefé pour que je sache quoi faire. C'est pour ça que je me sens responsable.

— Oui, peut-être que tu aurais dû faire plus attention. Mais tout le monde a droit à l'erreur, Ernest. Surtout à seize ans.

— Bcn non. Puisque j'aime bien cette fille, j'aurais dû faire gaffe. Je m'en veux.

— Comment va-t-elle ?

— Bien. Elle est pas trop bavarde sur ça, elle encaisse. Mais elle m'a dit qu'elle avait plus mal au ventre.

Les yeux rivés sur son fils, elle découvrait pour la première fois chez lui une sensibilité insoupçonnée et un vrai sens des responsabilités, un peu trop appuyé pour son âge. D'un côté, c'était un adolescent fougueux, léger et en quête d'amusement. De l'autre, déjà, un jeune adulte raisonnable. Elle ne saurait plus lequel des deux prendrait désormais le pas sur l'autre. Jusqu'au moment où il basculerait complètement vers l'âge adulte et que le petit garçon merveilleux qu'il avait été s'effacerait pour toujours devant la nécessité de grandir.

— Chéri. C'est vraiment bien que tu te sentes concerné comme ça. La plupart du temps, les filles, les femmes sont seules à se débrouiller. Et seules à se remettre. Ce n'est jamais ou presque jamais anodin. Mais bon, il ne faut pas non plus tomber dans l'excès inverse et croire que l'erreur, la défaillance ne viennent que de toi. L'important, je crois, surtout si tu tiens à elle, c'est de l'accompagner. Vous avez eu ce manquement ensemble et vous allez apprendre ensemble.

Se pouvait-il que son fils prenne, inconsciemment, le contre-pied de son père à lui, inconséquent, menteur, volage ? Elle s'en était séparée peu de temps après la naissance des jumeaux. César et Ernest n'avaient eu que peu de contacts avec lui. Et Olivia ne mentionnait presque jamais son existence. Lorsque cela arrivait, elle essayait de ne pas trop insister sur sa lâcheté, sa paresse et ses infidélités continuelles.

Elle se souvenait pourtant combien il était beau et drôle, si drôle que toutes les angoisses d'Olivia s'éloignaient dès qu'il lui prenait la main. Sa principale préoccupation était de rire et de voir ses copains. Rien n'avait plus d'importance. Il voulait profiter de la vie et, surtout, ne pas « se prendre la tête ». La notion de rigueur, d'effort, le sens du devoir étaient des concepts qui lui étaient totalement étrangers. Il s'épanouissait dans l'esquive, la tromperie, la manipulation et l'insouciance. Pire qu'un enfant.

Olivia savait parfaitement qu'elle s'était trompée avec cet homme. Aveuglée par le besoin de lâcher du lest et de ne plus rien contrôler. Emportée par une envie irrésistible d'y croire. Comme si cela suffisait.

Les mauvaises décisions sont souvent le fruit d'incompréhensions, d'un égarement, d'un manque de discernement. Olivia avait voulu se fier à leur histoire parce qu'à ce moment de sa vie elle aspirait impatiemment au bonheur. Elle avait imaginé que ce bonheur-là devait ressembler aux bras d'un homme heureux pour qui rien, jamais, n'est un problème. Il l'avait capturée si facilement. Sa fausse désinvolture et son impertinence, qui n'étaient sans doute que de l'inconsistance, avaient tout masqué.

— C'est important de se tromper, chéri. Ça permet de réfléchir. Tu vas faire des découvertes cruciales, étonnantes sur toi. Et c'est bien que tu assumes ta part de responsabilité envers Charlotte.

Ils durent interrompre quelques instants leur conversation, car le patron des Choux s'approcha avec leurs consommations. Olivia observait toujours son fils, silencieux, trempant distraitement ses lèvres fraîches dans son verre de bière. Ses faux jumeaux, Ernest et César, avaient la même taille, la même carrure et la même masse de cheveux bruns et bouclés. Mais Ernest était plus durement musclé que son frère, plus bagarreur, plus fougueux. Son nez déviait légèrement vers la droite, conséquence d'une bagarre à la sortie du lycée. Ses yeux foncés, bordés de longs cils noirs, s'enfonçaient dans le regard de ses interlocuteurs pour, le plus souvent, les déstabiliser. Mais il était gentil et protecteur avec ceux qui avaient besoin de lui et tout dans son attitude oscillait entre force et douceur. César, lui, était encore un adolescent nonchalant et heureux. Il semblait vouloir retarder son entrée dans l'âge adulte. Ses épaules plus rondes, son visage plus tendre, ses yeux doux lui donnaient un air plus jeune que son frère. Sa combativité et son agressivité ne s'exprimaient que lors des compétitions de surf. Le reste du temps, César prenait du bon temps.

Ernest posa son verre de bière et s'essuya la bouche du revers de sa manche. Olivia sourit. Elle pouvait discerner, dans le tressautement de ses paupières, le fil laborieux de ses réflexions. À la façon qu'il avait tout à coup de pencher la tête d'un côté et de l'autre juste l'instant d'après.

— Si tu savais, mon chéri, à quel point je me suis trompée, toutes les erreurs que j'ai faites. Eh bien je crois que toutes m'ont beaucoup appris. Même si j'ai terriblement souffert. D'une certaine manière, elles m'ont été nécessaires pour avancer.

Ernest considérait les derniers mots prononcés par sa mère. Il avait la vie devant lui pour découvrir qu'en effet rien n'était complètement blanc ou noir, que le déroulement de l'existence était soumis à des lois, souvent arbitraires, des rencontres inopinées, des choix irréfléchis – pourtant constructifs – et des échecs. Pourtant, souvent, le plus souvent, tout s'arrangeait. Olivia savait la confiance qui les liait tous les deux.

Ernest observait les trésors d'ingéniosité que sa mère déployait une fois encore pour lui faire croire qu'elle contrôlait tout et qu'elle était inébranlable. Il avança lentement sa main vers la sienne, la tourna et lui présenta sa large paume. Olivia déplaça la sienne et la posa dans celle de son fils.

— Tu as les mains glacées, ma petite maman que j'aime.

Les Choux se remplissait par vagues régulières. En descendant la rue d'Espagne, on ne voyait que lui avec sa grande terrasse en bois placée à l'angle du croisement avec la rue Harispe, ses lampions allumés dès la tombée de la nuit, ses tables disparates et son mobilier de bric et de broc qui donnait l'intuition qu'ici tout serait simple et joyeux. Des familles, des amis et les habitués du quartier, repus de plage, de vagues et de soleil, arrivaient pour dîner, sans réservation, appelant le patron par son prénom et s'installant au bar pour plaisanter avec la patronne, les serveuses ou juste consulter le menu du jour. Les copains d'Olivia, des voisins, des parents de l'école passaient près de leur table en leur adressant un sourire, ou s'attardaient le temps d'échanger quelques mots. Olivia, voyant l'heure avancer, se tourna vers son fils.

— J'ai aussi l'impression que tu te sens terriblement responsable de ton amie parce que sa mère, son père ne sont pas très présents auprès d'elle et que tu compenses.

— C'est vrai. Ses parents bossent beaucoup et ils n'ont jamais de temps pour elle.

— Elle a des frères et des sœurs ?

— Non, elle est fille unique.

— Il y a des enfants qui ont des parents et qui se sentent pourtant orphelins. Elle ne peut rien y faire. La seule chose qu'il faut essayer de s'épargner, ce sont les blessures inutiles. Il faut tenter de se détacher de ceux qui nous déçoivent tant. Et apprendre la liberté.

— Oui, ses parents sont super-égoïstes.

— Certains font ce qu'ils peuvent, même s'ils sont maladroits. D'autres sont défaillants, indifférents. Une mère, un père, ne devrait jamais marchander son temps ou son amour. Tout repose sur l'exemple et la sincérité.

Elle savait de quoi elle parlait. Ce vide abyssal d'être seule au monde, perdue, elle avait dû le surmonter. Le jeune garçon la serra contre lui.

— Bon allez, Ernest, rentrons, il est tard.

Au moment où ils se levèrent pour partir, le docteur Bauche venait de franchir la porte du restaurant. Il se tenait encore devant, indécis, et en bloquait l'accès, tout en cherchant des yeux quelqu'un parmi les habitués qui se pressaient autour du bar. Bientôt Olivia arriva en face de lui.

Il eut soudainement un air ravi qui étonna la jeune femme.

— Oh bonsoir ! Vous allez bien ?

Elle le regarda sans répondre, pas tout à fait certaine de reconnaître cet homme d'une cinquantaine d'années, dont les mèches de cheveux se dressaient dans toutes sortes de directions. Son allure amusa Olivia. Ses lunettes reposaient sur le bout de son nez, un peu fort. Son pull avait dû être enfilé à la hâte. Elle sentit l'impatience qui se dégageait de lui. Certainement présente dans tous les gestes de sa vie.

— Comment va votre fille ? J'espère que sa foulure est résorbée et qu'elle commence à avoir moins mal ?

Des mots rapides, maladroits, qui se précipitaient dans sa bouche et qui firent sourire Olivia.

— Ah oui, bonsoir. Vous êtes le médecin qui a examiné Emma après son accident ?

— Pardon, François Bauche, oui, je suis chef des urgences à Saint-Léon.

— Oui, bien sûr ! Emma marche avec encore un peu de difficultés. Elle fait attention mais elle se remet. C'est gentil de prendre des nouvelles.

— Vous partiez ?

— Oui.

— Bon, eh bien moi j'arrive. Je viens de m'installer impasse Mounache, un peu plus haut. J'ai rendez-vous avec un ami.

Olivia n'ajouta rien. Elle voulait rentrer chez elle. Mais le docteur Bauche, sans doute un peu distrait, bloquait encore la porte du restaurant. Il finit par s'en rendre compte et libéra le passage.

— Alors à bientôt.

Pourquoi « à bientôt » ? Olivia arqua ses sourcils, se demandant si elle avait oublié un prochain congrès médical ou une réunion de médecins à laquelle ils auraient pu se croiser. Elle n'imagina rien de plus et répondit :

— Oui, à bientôt.

Il n'en fallut pas plus pour que le docteur Bauche passe une bonne soirée.

Mère et fils quittèrent Les Choux le sourire aux lèvres.

— Je crois qu'il a perdu ses moyens le docteur dès qu'il t'a vue.

— Je ne sais pas et de toute façon, ça m'est complètement égal.

En arrivant devant la porte de sa maison, Olivia se figea. Le mégot d'une cigarette roulée à la main était écrasé sur le sol pavé de l'impasse.

22

La semaine qui suivit avait été rassurante. Aucun rôdeur ne s'était approché de sa maison aux volets rouges et Olivia s'interrogeait même, de temps à autre, sur le bien-fondé de son anxiété. Car tout semblait si calme impasse Iratze-Zabal. La splendeur de l'été recouvrait d'or et de lumière son jardin, et le ciel, envahi d'oiseaux, restait d'un bleu indécent. La peau de ses enfants brunissait chaque jour davantage, leurs cheveux se gorgeaient de soleil. Leur présence tranquille et heureuse auprès d'elle l'inondait d'une joie féroce. Olivia voulait se raccrocher à ce bonheur-là, sa vie auprès de ses enfants plutôt que céder à la peur. Sa force était là, en eux, auprès d'eux. Rien ne devait plus lui faire peur.

Ce jour-là, Emma et son petit copain devaient surveiller Zoia toute l'après-midi. Olivia avait été claire : « Vous ne la quittez pas du regard ! » Les deux amoureux étaient pris par leur discussion. Allongés sur le sable mouillé de la plage de la Côte-des-Basques, face à face sur leurs serviettes en coton, amoureux, ils réfléchissaient à leurs projets après les vacances. Rien d'autre ne comptait.

— Si je pars habiter à Bordeaux en septembre, je reviendrai les week-ends. À moins que tu viennes avec moi.

— Je vais essayer de convaincre maman. Après ma licence de lettres, il était question que je fasse un master à Bordeaux Montaigne.

— Tu crois qu'elle pourrait te laisser changer de cursus cette année ?

— Mais non ! Cette année, c'est mort. Pour le master dans un an, oui.

— Je suis pas trop inquiet, on se verra toutes les semaines. Tu viendras aussi et puis il y a les vacances. Tu pourras réviser chez moi.

— Bof, Thomas, arrête de faire comme si c'était seulement une question d'organisation, comme si c'était cool. Ce sera pas pareil. On sera ensemble, mais plus vraiment non plus.

— La seule chose que tu dois te répéter en boucle, c'est que c'est provisoire. Un an et tu me retrouves à Bordeaux. Tu seras diplômée et on vivra ensemble.

Zoia, près d'eux, s'ennuyait. Fanny et sa maman étaient parties pour la journée à San Sebastián et ses amis n'étaient pas encore arrivés.

— Emma, Thomas, vous venez vous baigner avec moi ?

— Pas tout de suite.

Emma, détournant son regard de sa petite sœur, se rapprocha encore de son amoureux. Son champ de vision était rétréci et elle tournait le dos à l'océan.

— Ne pas être dans la même ville, c'est pas aussi simple que tu le penses.

— J'ai pas dit que c'était simple. Je dis que j'ai envie qu'on essaie. Un week-end je reviens et le week-end suivant c'est toi qui me retrouves.

Zoia insista et toucha l'épaule d'Emma.

— Vous venez ? J'ai envie de me baigner, moi !

— Tu m'énerves, lança Emma, dérangée dans sa conversation. Tu vois, Zoia, là, on parle sérieusement. On ne se baigne pas. Va mettre tes pieds dans l'eau si tu veux mais tu restes au bord. C'est compris ?

Sans un mot, Zoia fit immédiatement volte-face et courut vers l'écume des vagues. Silhouette gracile et virevoltante, dans un maillot en liberty, retenu par deux petits nœuds sur les hanches. Ses cheveux raides et blonds rebondissaient dans son dos, ses longues jambes s'élançaient par-dessus les serviettes de bain, ses pieds impatients effleuraient le sable pour initier un pas puis un autre, déportant Zoia légèrement sur la gauche. Enfin, elle fut devant l'eau, heureuse de pouvoir s'éclabousser, même seule, puisque sa sœur et Thomas ne voulaient pas jouer avec elle.

Loin derrière, un homme semblait prendre le soleil. Le visage abrité sous une casquette, il était concentré sur cette petite fille blonde et rieuse qui sautait, insouciante, au-dessus des vagues.

Razvan se rapprocha d'elle et s'assit à même le sable mouillé, près d'une famille agglutinée sous un parasol. Si quelqu'un l'avait observé, il n'aurait pu imaginer qu'il n'en faisait pas partie. Indifférent à ce qui se passait autour de lui, insensible aux cris des enfants, aux ballons qui volaient au-dessus de sa tête, il regardait attentivement Zoia, qu'il n'avait pas réussi à aborder depuis plusieurs jours.

Cette fois, elle était isolée.

Au bout d'un moment, quand il perçut la lassitude de la petite fille délaissée, jouant dans les flaques au bord de l'eau, il se releva. D'une façon si inhabituelle que certaines personnes tournèrent la tête dans sa direction. Il déplia ses jambes maigres et s'accroupit sur ses talons, se redressa, sa tête entraîna sa colonne vertébrale et le bas de son dos, encore voûté, se cabra dans un sinueux mouvement qui faisait penser à la façon dont les cobras se déploient, pour attaquer. Razvan vérifia que « la sœur » était toujours occupée avec l'amoureux. De là où il se trouvait, il eut du mal à les localiser au milieu de la plage bondée. « Ils sont trop loin, ils ne me verront pas. »

— Bonjour, Zoia, tu te souviens de moi ?

La petite baigneuse se tourna, fit face à l'homme devant elle et planta son regard dans le sien.

— Oui. Vous nous avez donné des bonbons.

L'homme portait un maillot ridicule, il posa un genou à terre pour être à sa hauteur :

— Tu veux te baigner ?

Zoia ne bougea pas, pourtant les mots lui parvenaient, enivrants, irrésistibles. Ce fut comme si le ciel se découvrait juste pour elle, comme si le soleil brûlait sa peau. Quelques instants d'absence, d'hésitation qui emportèrent toutes ses résistances. Elle rêva de s'avancer dans l'eau fraîche, elle eut envie de courir vers l'écume en tenant très fort la main du monsieur. Ce désir s'incrusta quelque part, elle ne savait pas trop où. Les sensations qu'elle savourait à présent, en avançant un tout petit peu plus loin dans l'eau, virevoltaient dans son ventre. Mais se baigner avec cet homme, est-ce que c'était encore une bêtise ?

Du coin de l'œil, elle détailla le zombie qui n'en était pas un, évidemment. Il était grand, maigre. Il semblait tranquille aussi. Peut-être se serait-elle méfiée davantage s'il n'avait pas eu un maillot de bain aussi moche. Serré, noir, moulant, avec des dessins d'ananas de toutes les couleurs.

Le doute, la prudence s'apprennent à mesure des expériences de la vie. C'est un concept étranger à une enfant de sept ans. Elle pensait être à l'âge où, justement, il ne peut plus rien arriver. Où l'on n'est plus un petit être sans défense, mais une grande fille qui vient d'avoir l'âge de raison. Lors de leur première rencontre à la boulangerie, Zoia n'avait jamais été seule avec lui. À cet instant, c'était pareil : il y avait des adultes partout et sa sœur, Emma, n'était pas si loin. Il lui était impossible d'associer le monsieur en maillot ananas à un piège, de percevoir une quelconque menace. Cet homme gentil voulait se baigner, elle aussi, c'était une raison bien suffisante pour accepter. De plus, il ne ressemblait en rien aux méchants qui peuplaient ses livres et son imaginaire. D'autant qu'Olivia ne l'avait jamais exagérément mise en garde contre les dangers du monde.

À sept ans, la plupart des petites filles romanesques ont encore l'esprit peuplé de licornes sauvages et de sirènes bleues. Les princesses sautent des donjons en feu et sont sauvées par des dragons à la langue verte. Les ogres existent aussi, mais rotent et pètent. Les sorcières peuvent être terrassées par des fées. Il n'y avait aucune limite à son imagination, et Zoia se sentait donc invincible. De plus, le zombie semblait trop instable sur ses jambes toutes blanches pour lui faire peur. Oui, il lui paraissait même un peu fragile et malheureux. Alors Zoia bascula et lui dit : « D'accord. » Elle mit sa petite main dans celle de l'homme et bondit par-dessus la première bande d'écume.

— Quand la vague est presque là, il faut sauter par-dessus ou plonger en dessous si elle est vraiment grosse. Sinon, elle nous avalera tous les deux.

— OK, j'ai compris, la vague arrive, on saute ou bien on plonge.

Et Zoia ajouta :

— Et c'est moi qui dis si on saute ou si on plonge.

— C'est toi qui décides ? D'accord.

Razvan ne regardait pas les rouleaux qui déferlaient jusqu'à lui. Il traversait Zoia d'un regard triste et pourtant intense. Une ardente tension, une brûlure. Rien de concupiscent. Oui, un regard de souffrance, comme une plaie ouverte sur la douleur de ce qu'il était devenu. Il se savait pris au piège. Sans avenir pour supporter le quotidien et avec un horizon restreint et sombre. Il se sentait en morceaux. Il ne lui restait que quelques semaines encore avant d'être complètement en miettes. Il n'avait donc plus rien à perdre et cela ne lui faisait plus le moindre effet.

23

Enfin, Biarritz se vidait de ses estivants. À partir du 20 août, les touristes laissaient place à ceux qui avaient leurs racines dans la région, une maison, une famille, des souvenirs d'enfance. Les routes et les plages se dépeuplaient et, pour les locaux, le sentiment d'envahissement s'estompait un peu.

Isabelle avait cuisiné toute la matinée. Lorsqu'elle recevait Olivia et ses enfants, c'était toujours pour elle l'occasion de nettoyer sa maison de fond en comble, de déplacer et d'astiquer ses meubles, avec une cire à la bonne odeur rassurante. D'ouvrir ses fenêtres en grand, de nettoyer les vitres, d'aller couper des fleurs dans les champs pour créer de grands bouquets désordonnés. Elle prenait aussi le temps de passer la tondeuse dans son jardin et d'arracher les mauvaises herbes dans la cour devant l'entrée. Afin que tout soit parfait.

Il était midi. Olivia et ses enfants n'allaient plus tarder. Elle regarda le décor qu'elle voulait leur offrir. Une maison trop nette, un peu suspecte qui dévoilait sa vulnérabilité et son ambivalence. Elle n'était dupe de rien.

Isabelle pensa à sa mère. Elle n'avait pas voulu risquer être un jour celle qu'elle ne parvenait pas à oublier. Son cœur se serra devant le vide de sa vie et toute son inutilité. Elle avait toujours vécu sans mari, sans compagnon, sans enfant, sans ami proche et, surtout, assumant cet isolement comme une nécessité fondamentale. Personne, à part Olivia et ses enfants, ne franchissait la porte de sa maison. Isabelle avait puisé la sérénité dans une fuite systématique face à chaque potentielle relation affective. Cela d'autant plus facilement qu'elle avait toujours eu la certitude réconfortante d'être amalgamée à la famille d'Olivia. Son choix de vie avait longtemps répondu à un besoin essentiel, celui, évident, de se protéger.

Se réfugier dans la solitude l'avait sauvée et avait aussi considérablement neutralisé ses excès de violence. L'origine de ses révoltes datait de la barbarie de sa petite enfance. Sa mère n'avait fait que la battre, l'affamer et lui hurler des reproches absurdes à la figure. Tout cela devant un père impuissant, qui ne l'avait jamais consolée. Plusieurs fois, sa mère avait même téléphoné à la police pour asséner devant elle ces mots vertigineux : « Venez la chercher. Sinon je vais la tuer. » Puis Isabelle ne comprenait jamais pourquoi, la vie reprenait une normalité de façade, pour quelques jours.

Pour échapper à cet enfer, petite, elle avait traversé des excès de fureur. Des insurrections vitales, qui la laissaient inerte et sans aucun souvenir. Lorsqu'une situation devenait trop difficile à supporter, lorsqu'elle se sentait piégée ou en danger, une soupape de sécurité sur laquelle elle n'avait aucun pouvoir prenait le contrôle. Elle se mettait alors à hurler, parfois à se débattre avec force puis perdait connaissance. Elle n'avait pas huit ans lorsque sa plus grosse crise avait éclaté. Sa main affolée avait saisi un grand couteau, posé négligemment sur la table de la cuisine. Elle l'avait planté dans le gros ventre mou de cette femme qui la battait sans raison. Les voisins les avaient retrouvées côte à côte sur le sol, la mère sévèrement blessée, l'enfant défigurée par les coups, inanimée mais vivante.

Après un court séjour à l'hôpital, l'ogresse avait fait quelques mois de prison ; le père, lui, s'était enfui. Les services sociaux en avaient conclu que la petite Isabelle devait être enfin retirée à sa mère et placée dans une institution. Pour échapper, peut-être, à cette violence tant de fois dénoncée par les marques bleues sur le visage de l'enfant et pourtant admise par la famille, l'école, les voisins et adultes qui la croisaient et détournaient le regard.

Isabelle ne se souvenait plus vraiment de la suite des événements, elle était si petite. Et le traumatisme avait malmené sa mémoire. À l'orphelinat où elle n'était plus isolée face à un seul monstre, elle fut néanmoins noyée dans une relative invisibilité, parmi d'autres enfants, plus agressifs qu'elle.

À dix ans, adoptée, elle avait quitté pour toujours « L'abri » et s'était retrouvée face à une petite fille, cabossée comme elle, mais arborant un sourire et une douceur qui agissaient sur Isabelle comme un baume. Depuis ce jour, Olivia la regardait et Isabelle cessait d'avoir peur.

Isabelle repensait à cette période difficile. Il y a des injustices, des brutalités qui rendent certains enfants définitivement captifs, soumis. Et d'autres que les sévices ébranlent mais qui trouvent en eux un moyen de résister. D'une manière ou d'une autre. Dans quel camp était-elle ?

Son enfance à Esparon, aux côtés d'Olivia et de leur Mamma, avait intensifié son besoin naturel de silence et de solitude et l'avait surtout libérée, à l'âge adulte, d'un rôle qu'elle n'était pas capable de tenir. Marianne Ourbak avait beau vivre dans un village reculé des Cévennes, son extraordinaire modernité d'esprit avait délivré ses deux « filles » de toute injonction sociale. Chez elle, entre elles, loin des influences plus ou moins aliénantes de la petite ville du Vigan, il n'avait été question que de destinée professionnelle. Comme si organiser la vie des femmes, les définir, les assigner à des tâches ménagères, les modeler selon les besoins des hommes, de la sacro-sainte famille ou de la société ne les concernait en rien. Marianne, Isabelle et Olivia, protégées du reste du monde et fortes de leur complicité, de leurs rires, de l'amour qui fusait et des discussions qui leur passaient par la tête, n'avaient eu besoin de personne. L'idée qu'un mari puisse être le garant d'une vie épanouie était pour leur « mère » un mensonge. Jeunes, libres, belles, Olivia et Isabelle feraient ce qu'elles voudraient de leur sexualité, de leur désir d'enfant. Elles n'auraient aucune obligation de lier leur vie avec le premier quidam venu, pour le meilleur et pour le pire. Cette idée saugrenue et dangereuse du mariage avait été maintes fois démystifiée. Car Marianne Ourbak avait une idée très claire sur la question et se revendiquait « féministe », ce qui, dans leur village, en faisait sourire plus d'un. Elle en avait bavé avec son homme et refusait pour ses « filles » toutes normes patriarcales ou sexistes. Mai 68 puis les gauchistes et les maoïstes lui avaient enseigné une chose : si elle avait besoin de quoi que ce soit, elle s'en chargeait ! Et ses petites, pour garder leur liberté, devraient éviter de s'oublier dans des histoires amoureuses inutiles.

Plus tard, Isabelle avait donc naturellement essayé de contrôler sa vie en la cadrant à l'extrême et en éloignant d'elle toute confrontation. Une existence de recluse qu'elle avait acceptée avec une sorte de fatalité tranquille, un manque de combativité certain et un déficit émotionnel évident. Une seule fois, un homme s'était approché d'elle, suffisamment près pour qu'elle en soit troublée. Il tenait un bar à tapas devant les halles de Biarritz et, tous les dimanches, c'était lui et seulement lui qui servait leurs cafés aux deux amies. Il plaisantait de tout et de rien, essayant d'établir un premier degré d'amitié, d'intimité. Ses sourires ne concernaient qu'Isabelle – Olivia le lui avait fait remarquer –, mais sa peur fut immédiate. Comme si une obscure et incontrôlable menace allait l'engloutir. Isabelle n'était jamais retournée dans ce bar, depuis trop longtemps dans cette incapacité à faire confiance, à baisser la garde. Et Olivia avait capitulé. Isa avait trop peu d'amis, de désirs et de rêves. Le plaisir, l'imagination, l'envie ne faisaient pas partie de ses préoccupations. Elle n'avait jamais appris à identifier ses émotions, à trouver des mots pour décrire ses sensations. Mais il fallait l'accepter.

Mais à présent Isabelle trébuchait. Olivia et ses enfants, même s'ils lui apportaient beaucoup, ne comblaient pas tous ses manques. Et une petite voix lui murmurait parfois à l'oreille qu'il serait temps peut-être… Qu'elle pourrait doucement accepter de s'ouvrir à l'ivresse des émotions. Travailler moins, développer enfin une possibilité d'échanges, de caresses, de chaleur humaine, de ces sensations inexplorées, essentielles. Isabelle frissonna.

Pourquoi maintenant ? En y réfléchissant, elle finissait par supposer que ses névroses s'étaient atténuées avec le temps. Comme un tableau aux couleurs trop vives dont les tons peu à peu s'estompent, se fondent, s'harmonisent les uns avec les autres. Parfois, dans l'obscurité de sa chambre, dans le silence de la nuit, elle présumait aussi qu'elle était peut-être arrivée au bout d'un trop long chemin. Qu'elle avait marché trop d'années dans sa solitude réconfortante, plus ou moins consciente, plus ou moins accablée, et que, depuis peu, ce chemin était devenu une impasse.

Un matin, enfin, elle avait identifié une envie, un projet. Son intention était simple, ce ne serait ni un exploit ni une folie trop engageante, juste une brèche dans sa vie cadenassée, une issue intéressante et inespérée qu'elle envisageait pour la première fois : être de ceux qui se remettent et essayer, même à son âge, d'avoir une vie un peu moins vide. Elle avait d'abord chancelé face à cette éventualité. Mais, allez savoir pourquoi, ses raisonnements avaient été balayés par une sorte d'excitation irrépressible et vivante. Et elle n'avait plus cessé d'y penser. Oui, à présent, elle était prête.

Ce matin-là, Isabelle, en étalant sa confiture de framboises sur sa tartine de pain, avait eu une idée déraisonnable. Celle de plonger sa main dans le pot et de lécher ses doigts. Personne ne la regardait. Que risquait-elle à faire une chose aussi bête ? Elle risquait tout. Elle risquait de trouver enfin le chemin de son cœur, de découvrir des sensations inconnues, des vibrations amples qui pourraient lui soulever la poitrine et retirer l'enclume qui pesait depuis toujours sur son âme. Quelque chose avait cédé au plus profond d'elle-même, un sentiment délicat, insoupçonnable, apaisant qui peut-être portait le nom d'espérance. Alors, dans un geste enfantin et gourmand, elle avait léché les rebords du pot et ses doigts pleins de confiture, dans un moment simple et intense à la fois.

Enfin, Isabelle allait faire ce dernier pas, juste un, vers la joie.

Sa vie s'était, jusqu'à présent, déroulée dans un cadre où la peur avait toujours été piégée. Où ni la crainte ni le chagrin ne pouvaient déborder pour s'infiltrer partout, en glissant comme des ombres dans les recoins de son quotidien. Car il y avait effectivement un danger probable à toucher, à respirer, à regarder un autre que soi et à ouvrir son cœur. Mais elle était décidée. Pour échapper à la solitude, à la sécheresse de son existence, aux autres, définitivement, à tous ces autres, il fallait faire comme eux et prendre le risque, un jour, de leur ressembler.

24

Isabelle avait tiré une table en bois sous le vieux chêne. Une lourde nappe en lin, une pile d'assiettes dépareillées, de jolis verres à pied donnaient au déjeuner sa délicieuse simplicité. Les enfants d'Olivia, pieds nus dans l'herbe, étaient allongés sur des tissus indiens, sous les arbres, ou bien assis sur des fauteuils en osier défoncés, poussiéreux, malgré tout confortables. La chaleur tapait encore violemment contre le mur de la vieille ferme basque et la terrasse en pierre de la Rhune. Pour trouver de la fraîcheur, il était préférable de se poser sur la pelouse qui descendait doucement vers les champs de maïs du voisin, le vieil Avelino.

Après le village d'Arcangues, au loin, seules les courbes de la terre et les Pyrénées qui se dressaient dans un paysage immuable arrêtaient l'horizon.

Tout était prêt. Isabelle sortait du four les tourtes et les gratins qu'elle avait préparés. Emma traversa la terrasse devant la maison. Si elle boitait encore un peu, sa cheville à présent était bien consolidée. Elle apportait un saladier qu'elle posa sur la table en bois. Elle observa un instant Isabelle et Olivia qui se parlaient en souriant et perçut chez celle qu'elle considérait depuis toujours comme sa tante une sorte d'apaisement, une douceur inhabituelle. Celle-ci semblait détendue, c'était nouveau, étrange de contempler les prémices de cette consolation dont Emma ne savait rien encore mais que, malgré ses vingt ans, elle décelait déjà, intuitivement.

La jeune fille s'abandonna à cette embellie familiale. Elle savait, depuis le temps, que ce qui construit une famille, ce n'est pas forcément un père et une mère, mais l'implication sincère d'adultes qui, par leur amour, peuvent les remplacer. Et c'est la qualité et la sincérité de l'attention qui forment le ciment des relations. Emma s'approcha d'Isabelle et l'enveloppa de ses bras.

Ernest et César avaient exhumé d'un placard oublié une boîte en carton abîmée. Ils découvraient pour la première fois de vieilles photos de leur mère et d'Isabelle, lorsqu'elles habitaient encore dans les Cévennes, chez leur Mamma. Ils encadraient Olivia, qui cherchait à tout prix à échapper à cet interrogatoire en règle auquel elle était à présent soumise.

— À quinze ans, tu fumais et tu faisais n'importe quoi ? Tu avais le droit de sortir ?

— Chez notre Mamma, les interdits moraux n'existaient pas. Il fallait se sentir responsable et nous avions le droit de faire ce que l'on voulait parce que nous étions les deux meilleures de la classe. Mais le premier bar et nos copains étaient à neuf kilomètres de notre maison. On ne profitait pas souvent de cette liberté.

— Sur cette photo, votre mère est dans sa période punk, elle faisait presque peur, glissa Isabelle, amusée.

Ernest et César riaient devant la posture agressive de leur mère. Sur le cliché, ils détaillaient sa silhouette noire et maigre, des mèches de cheveux roses s'échappant d'un bonnet enfoncé sur ses yeux bordés de khôl. Des garçons à peine pubères se tenaient maladroitement près d'elle, essayant de dissimuler leur mal-être adolescent derrière un air provocant. Emma jeta un bref coup d'œil sur la photo aux angles pliés, mais elle garda le silence. Elle imaginait tout ce que sa mère avait dû surmonter pour être là, ce soir d'été, tranquillement allongée sur des tissus indiens dans sa jolie robe bohème en coton, sous les arbres du jardin d'Isabelle, à quarante-cinq ans, devenue l'une des gynécologues les plus réputées de la côte basque, responsable de quatre enfants joyeux, l'esprit probablement jamais au repos et toujours attentive aux autres.

— Vous aviez des amoureux ?

— Vous rêvez, les petits ! On avait d'autres choses à faire plus intéressantes !

— Arrête de nous appeler « les petits ». On va avoir dix-sept ans dans un mois, rétorqua César.

— Oui, pardon, glissa Isabelle avec un grand sourire.

— Donc pas de copains ?

— Moi je me faisais draguer par les loubards du coin, ceux qui avaient de grosses mobylettes. Ils m'embarquaient sur leur porte-bagages, on roulait trop vite, je me laissais embrasser. Cela n'allait pas plus loin. Isabelle, elle, était poursuivie par des maigrelets un peu poètes. Franchement, ce n'était pas très drôle. On préférait rester avec les vieux du village sur la place d'Esparon. À part nos mèches de cheveux roses, on avait du mal à se rebeller.

— Et la dame chez qui vous habitiez ?

— Marianne ? Ce n'était pas une dame, c'était comme une mère, on l'adorait. Elle avait confiance en nous et nous poussait à sortir, à rejoindre ceux du lycée. Ça la désolait que l'on soit si sages.

— C'est bizarre quand même d'être trop sages quand on a quinze ans.

Le silence qui suivit fut rompu par Isabelle, les yeux rivés sur Olivia.

— L'adolescence est un moment où l'on s'oppose à ses parents. Mais nous avions été assez malmenées dans notre enfance et n'avions aucune envie de provoquer des conflits ou de nous opposer avec qui que ce soit. Surtout pas avec celle qui nous avait adoptées. Notre but, c'était plutôt de ne jamais risquer d'être abandonnées.

— Marianne, votre Mamma, elle avait un mari ?

— Non, quand elle nous a adoptées, elle était déjà veuve.

Zoia, qui les avait rejoints, se serra tout contre sa mère, retira son pouce de sa bouche et déclara :

— Alors vous aussi, vous n'avez pas eu de papa. Ici, il n'y a pas beaucoup de papas. Maman, Isabelle, Emma, Ernest et César, ils n'ont pas de papa non plus. On est la famille sans papas. C'est bizarre, dans ma classe, les enfants ont tous des papas.

Olivia observa sa fille, le souffle coupé par la salve légitime mais violente qui venait lézarder la sérénité du moment. Isabelle, toujours prête à intervenir ou à tirer Olivia d'un mauvais pas, tenta alors d'expliquer cette absence dans leur vie quotidienne. Elle prit Zoia sur ses genoux.

— Tout le monde a un papa, chérie. Celui d'Emma habite loin mais il existe. Celui des garçons ne donne pas beaucoup de nouvelles mais il existe aussi. Pour ta maman et pour moi, c'est plus compliqué. Mais nos papas aussi ont existé.

— Et moi ?

Bien sûr, ce n'était pas la première fois qu'ils évoquaient le sujet de leurs pères, mais, après les récents événements, la question de Zoia déstabilisa Olivia et Isabelle. Toute l'insouciance de ce déjeuner d'été venait de disparaître brutalement. Comme si les paroles de la petite fille drainaient avec elles toutes les bourrasques, toutes les tempêtes, tous les orages contenus depuis sa naissance.

Zoia posait toujours des questions qui méritaient une réponse attentive et sans tenir compte de la situation. Sa spontanéité, sa fraîcheur enfantine, n'avait pas encore été altérée par l'érosion du temps. Olivia était blême, Isabelle tenta une nouvelle diversion.

— Qui veut de la tarte à la tomate ? Chérie, parfois les choses ne se passent pas exactement comme on le souhaite et on doit trouver des solutions. Une famille qui se construit sans papa, de façon moins conventionnelle, c'est quand même une famille, précisa Isabelle, affairée devant la table.

— Mais mon papa à moi toute seule, il est où ?

— On en a déjà parlé plusieurs fois, Zoia chérie, les papas ne sont pas tous les mêmes. Ils se comportent avec leurs enfants de manière différente. Certaines que l'on peut comprendre et d'autres non. Et les mamans, c'est pareil. Mais d'autres personnes peuvent jouer ce rôle. Allez, viens m'aider, on va apporter les pains et les fromages sur la table.

— Qui ?

Zoia pouvait être désarçonnante. Aucune tentative de manipulation ou de séduction n'interférait. Elle avait posé une question et attendait donc une réponse.

— Un autre monsieur, un oncle, le papa d'une amie, un prof ! Dans tous les cas, il est important que vous gardiez en tête que vous avez tous eu un père, sinon vous ne seriez pas là aujourd'hui.

Zoia ajouta : « Un autre monsieur ? » Et sa question resta sans réponse.

Olivia ressentit aussitôt la crampe qui lui vrillait le ventre à chaque fois qu'elle sentait un danger. Encore une preuve infime et douloureuse qu'une ombre impalpable s'approchait de Zoia et de sa famille ? Diffuse, mais présente dans son esprit depuis le début de l'été, sans qu'elle ne puisse s'appuyer sur une preuve tangible pour s'en défendre. Du vent, des suppositions, d'imperceptibles indices. Même si durant trois nuits d'affilée son alarme avait réagi à une présence près de chez elle, il n'y avait eu aucune effraction. Et de fait, aucune confrontation possible.

Olivia ne quittait pas des yeux Zoia, qui s'était levée et semblait être passée à autre chose. Sa fille se dirigea vers la vieille balançoire installée sous une branche du chêne, un peu à l'écart. La jeune femme savait parfaitement qu'un enfant avait besoin d'un père ou d'une image paternelle. Elle l'expliquait, lorsque c'était nécessaire, à des patientes qui revendiquaient le droit de s'approprier leur bébé sous prétexte qu'elles le portaient.

Elle savait aussi qu'elle devrait affronter cette grande lâcheté, celle de n'avoir jamais mentionné le père de Zoia. Elle avait imaginé des dizaines de scénarios, un homme de passage, un vieil ami, un amoureux décédé, un homme marié à une autre, dont on ne pouvait pas dire le nom… Finalement, elle ne s'était jamais résolue à lui mentir. Qu'aurait-elle pu lui raconter sans la traumatiser et sans la tromper ? Que son père était un pauvre type qui surveillait et terrorisait des prostituées ? Qu'il était inébranlable. Sûr de son autorité et de sa légitimité à soumettre les femmes qu'il faisait travailler ? Que sa bêtise et son misérable pouvoir avaient tué sa mère ?

C'était sordide mais peut-être préférable. Car une petite fille exclue d'un contact régulier avec son père ou l'image d'un père est en manque, même si sa souffrance est muette. Comment avait-elle pu l'ignorer ?

Cette nuit-là, Olivia eut du mal à s'endormir. Elle fit de nouveau ce rêve persistant d'une femme à la démarche hésitante qui traversait les pièces de sa maison et s'arrêtait immanquablement dans le salon, dos à la cheminée, où elle paraissait attendre quelqu'un. Qui pouvait-elle être ?

Le lendemain, Olivia se réveilla péniblement, l'inquiétude de sa nuit ne s'était pas totalement évaporée. Lorsqu'elle s'installa devant son café, elle avait encore le front barré par l'anxiété.

25

Septembre s'annonçait dans la lumière du soleil, plus rasante sur le mur du jardin, dans le bruit des feuilles des marronniers, qui craquaient sous ses pieds nus, dans l'odeur des figues mûres écrasées sur sa petite terrasse et dans la relative fraîcheur du matin. C'était traditionnellement le moment où le rythme de la vie devenait plus lent, plus calme. L'école et le collège avaient repris la veille et Olivia envisageait enfin de se reposer, car elle était fatiguée par son activité professionnelle de l'été. Elle était aussi minée par une angoisse oppressante, qui ne la quittait plus. Chaque matin, Olivia se demandait si elle n'avait pas rêvé. Mais dès son réveil, elle avait l'impression désagréable qu'une caresse inquiétante lui enserrait la nuque et lui coupait le souffle. Une sensation d'étouffement, comme un point de pression, s'épaississait dans sa gorge et l'asphyxiait. Elle endurait cette menace diffuse qui planait et rien n'avait encore atténué ses craintes.

Elle savait, depuis longtemps déjà, que la meilleure arme contre la peur n'était ni l'endurance ni la force, mais la stratégie. Pour autant, comment réfléchir à une riposte sans preuve tangible et sans confrontation avec l'agresseur ?

Après une journée à la clinique chargée en émotions, Olivia rentra chez elle et stationna non loin de sa maison.

Avant de retrouver les siens, elle resta un long moment dans sa voiture, protégée par l'obscurité de la rue d'Espagne, les phares éteints et le front cognant contre le volant, dans l'incapacité de se reprendre. Depuis quelques semaines, elle réalisait douloureusement que la vraie peur ne s'oublie jamais et que, pire encore, elle influence les décisions d'une vie. Une épuisante sensation de solitude l'envahissait de plus en plus souvent et à des moments inappropriés. Elle n'avait plus pleuré depuis longtemps, mais un trop-plein de larmes dégoulinait à présent le long de ses joues. Lorsqu'elle parvint enfin à s'extraire de son mal-être, les yeux gonflés et les traits tirés, elle aperçut César qui traversait la petite rue en direction de leur impasse.

— César ! Attends-moi, lança-t-elle après avoir ouvert la vitre de sa voiture.

L'adolescent dévisagea sa mère tout le temps qu'il lui fallut pour le rejoindre. Puis il s'approcha d'elle pour l'embrasser.

— T'as pleuré, maman ?

Elle lui offrit alors un sourire que démentait son regard délavé et qui voulait lui laisser croire que tout allait bien, que tout irait toujours bien. Mais la rigidité et les plis de sa bouche témoignaient d'une lassitude inhabituelle.

— Non voyons, chéri, je ne pleure jamais. Tu m'accompagnes ? Je dois acheter du pain.

Ce noyau d'immense détermination qui définissait sa mère avait de quoi le surprendre. Il glissa son bras autour de ses épaules, et tous deux se mirent en marche vers la boulangerie. Olivia était toujours étonnée de la perfection avec laquelle les bras de ses fils entouraient si facilement ses épaules.

Mais, songea-t-elle, comment César et son frère auraient-ils pu l'aider ? Elle soupira. Elle se sentait si seule, mais il fallait l'assumer, continuer à affronter courageusement les problèmes et garantir leur sécurité à tous. En particulier celle de sa petite Zoia.

— Chéri, ta sœur est bien rentrée de l'école avec Emma ?

— Oui, je l'ai vue dans l'impasse tout à l'heure. Comme d'habitude, elle a joué avec le chat des voisins. Elle doit dessiner ou peindre dans sa chambre et Emma est dans le jardin.

En effet, la petite fille était en sécurité dans sa chambre. Mais depuis quelques semaines, elle n'était plus si obéissante. Après tout, du haut de ses sept ans, elle devinait qu'on ne lui disait pas toute la vérité sur elle, sur son histoire. Elle avait droit, elle aussi, de garder ses secrets, qu'elle pensait insignifiants. Zoia avait toujours été une enfant un peu trop fiable. Face à sa mère, accaparée par des journées trop denses, concentrée sur ses patientes, ses amis, ses enfants, régulièrement épuisée, elle avait trouvé ses petits refuges. Trop souvent seule, elle avait développé une méthode de consolation qui consistait à lire, à rêver et surtout à dessiner avec ses feutres. Elle n'avait jamais essayé la peinture, mais depuis que le monsieur gentil lui avait montré ses aquarelles, peu après leur baignade, elle avait convaincu sa mère de la changer d'atelier, car désormais elle voulait peindre. Elle le retrouvait à présent le mercredi matin à la médiathèque. Sa mère la déposait devant la porte avant d'aller à la clinique. Ernest et César venaient la chercher à l'heure du déjeuner et, dans ce laps de temps qui semblait à ses yeux infini, Razvan, tout près d'elle, mêlé aux autres adultes, se montrait fier de son travail. Il lui semblait même qu'il ne s'intéressait qu'à elle seule.

Chaque jour, elle arrivait aussi à l'apercevoir non loin de chez elle. Il n'entrait jamais dans l'impasse mais la regardait lorsqu'elle allait, toujours accompagnée, à la boulangerie, à la plage de la Côte-des-Basques, dans la rue devant chez Fanny, où elles s'entraînaient au skate. Il se matérialisait devant elle, comme un diable qui sort de sa boîte, se contentant de lui faire un clin d'œil, de loin, et elle lui souriait en retour. Parfois, il la frôlait l'air de rien et lui faisait passer une feuille de papier Canson pliée en quatre, qu'elle cachait immédiatement dans ses poches.

Ce Razvan devait être un peintre très connu dans son pays tant ses aquarelles étaient merveilleuses. Il y avait quelques lignes de peinture à l'eau, pour délimiter des montagnes, des traces bleutées pour faire les ciels, et Zoia au milieu de la toile. D'autres silhouettes figuraient sur le dessin, à peine crayonnées, mais elle, était toujours au centre. Elle se reconnaissait à ses cheveux blonds. La petite fille esquissée affichait invariablement un grand sourire qui éclairait l'ensemble.

Depuis le dîner chez sa tante Isabelle où elle avait bien fait savoir qu'elle aussi voulait un papa à elle, Zoia avait beaucoup réfléchi en suçant son pouce. Comme peuvent réfléchir les enfants de sept ans. Cela ne devait pas être si compliqué d'avoir un papa. Et elle désirait éperdument être comme les autres petites filles, comme son amie Fanny, ou Lila et Marguerite, ses meilleures copines de l'école.

Elle ne savait pas pourquoi elle ne devait pas parler de son nouvel ami. Il lui avait demandé de promettre. Peut-être qu'il était timide, car il se postait toujours dans les coins les plus sombres de la rue. Elle le cherchait du regard et son cœur faisait un bond dans sa poitrine quand elle l'apercevait. Il lui avait montré où il habitait et l'avait invitée à le rejoindre quand elle le voudrait. Une petite fenêtre étroite avec un balcon, au premier étage d'une maison au-dessus de la boulangerie. Pile en face du bar préféré de sa maman, Les Choux.

Un jour où elle jouait devant chez Fanny, celle-ci était rentrée précipitamment pour aller aux toilettes. Razvan s'était approché, il traînait des pieds prudemment et s'était assis quelques minutes auprès d'elle sur le trottoir. Il lui avait alors donné un carnet de petits croquis représentant la Moldavie. Les ciels étaient tous délavés, traversés parfois de gros nuages menaçants, les montagnes rondes semblaient douces et des taches claires qui devaient être des lacs ponctuaient chaque peinture. C'est cette après-midi-là qu'il lui avait raconté avoir vécu avec une femme, il y avait très longtemps, et qu'elle était morte en donnant naissance à sa petite fille.

— Peut-être qu'elle veille sur toi ta femme ? C'est ce que dit maman. Les morts deviennent juste invisibles mais ils restent près de nous, tout le temps.

Il la regarda intensément et espéra qu'elle avait tort.

Razvan demeurait toujours impassible, cohérent dans ses paroles et dans ses actes. Aucune négligence, aucune erreur dans son comportement, ce qui induisait fatalement chez l'enfant un sentiment de sécurité. Le décalage entre la vie réelle et ses dangers probables était inimaginable pour les petites épaules de Zoia. Pour la première fois, elle avait noué ses bras autour du cou de l'homme et lui avait donné un baiser rapide sur la joue.

— Et ta petite fille, elle est où ?

— Elle sera bientôt avec moi, pour toujours.

26

Autrefois, Razvan avait été robuste et craint. Il n'avait eu que très peu d'occasions de se battre au corps à corps. La fixité de son regard maintenait presque toujours à distance ses adversaires les plus agressifs. Et lorsque cela ne suffisait pas, il sortait ses poignards, car il maniait les lames comme personne. Il avait su très tôt les lancer, les faire glisser sur la peau de ceux qui dérangeaient ses projets ou les planter avec précision entre deux côtes. Une longue tradition familiale dont il était fier. À présent qu'il était un homme dévasté, plus personne ne le craignait. Même armé, il était préférable qu'il se fasse oublier.

À l'hôpital où il avait rencontré l'équipe médicale chargée de son dossier, on lui avait déclaré qu'on ne pouvait plus rien pour lui. Sauf peut-être l'aider à gérer sa douleur. Le diagnostic était tombé et avait le mérite d'être clair : cancer foudroyant. Même s'il avait peu fréquenté l'école de son village, il était intelligent et avait du vocabulaire. Ce qui était foudroyant vous frappait brutalement et, souvent, la violence et la rapidité de l'attaque s'invitaient dans l'orage. Sa maladie allait donc tout dévaster et il n'y avait rien à espérer.

Son cancer n'était associé à aucun type particulier de tumeur. Ni spécifique à un organe précis ou à des tissus caractéristiques que la médecine aurait pu délimiter, isoler, traiter, brûler ou couper. Non, ce cancer-là était encore relativement inexplicable. Le chef du service d'oncologie médicale de l'hôpital de la Pitié-Salpêtrière, à Paris, avait évoqué devant lui des mutations génétiques résistantes aux principaux traitements, même les plus récents. Son hypothèse la plus probable penchait vers une activation inopportune de gènes normalement inactifs qui se mettaient, pour une raison encore obscure, à s'agiter furieusement, causant un développement très rapide des cellules malignes. Mais ce n'était, de sa part, qu'une simple supposition. Et Razvan était sorti du complexe hospitalier plus seul que jamais, ravagé par l'immense désastre de sa vie.

Les médecins lui avaient aussi précisé qu'il serait probablement mort à Noël. La coïncidence ne lui avait pas échappé. Toutes ces femmes qu'il avait battues, parfois laissées comme mortes la nuit sainte, ce ne pouvait être qu'un châtiment divin, amplement mérité. L'homme était d'autant plus faible qu'il se croyait infaillible. Face à lui-même, confronté pour la première fois à sa vulnérabilité existentielle, il lui fut difficile de minimiser ses erreurs, sa mauvaise foi, son manque d'empathie, sa cruauté et sa démence aussi.

Depuis, Ravzan peinait à s'extraire de son abattement.

Quelques semaines à peine après le diagnostic, il ressemblait déjà à ce que la maladie avait fait de lui, une douleur constante. Un échalas qui tanguait sur ses jambes tel un pantin. Le bas de sa colonne vertébrale et ses membres inférieurs, touchés en premier, n'étaient qu'un magma de souffrance. Le long de ses os, à l'intérieur même de ses os, il se sentait dévoré, émietté par une armée de métastases qui ravageaient méthodiquement ses derniers sursauts de vitalité. Dès lors que la mort s'agrippa à chaque geste de ses journées, il repensa à sa fille et se mit fébrilement à sa recherche.

Sa fille, deux mots étrangement associés, comme une anomalie, une incongruité. Pourtant, depuis ces sept longues années, pas un seul jour ne s'était écoulé sans que le sourire de la jeune Olga ne vienne le hanter. Sa silhouette alourdie par la grossesse, elle dansait joyeusement dans cet appartement de la honte, ce printemps-là, lorsque les autres putains rentraient du tapin. Et la lueur de fierté, voire de bravoure, qu'elle lui avait lancée la dernière fois qu'elle avait croisé son regard. Elle tenait l'enfant contre elle et tout semblait encore aller.

Longtemps Razvan avait eu le flair de trouver des filles naïves, ou acculées par la misère, qu'il pouvait manipuler à sa guise. Il savait qu'Olga, elle, n'avait jamais été dupe. Elle l'observait souvent, résignée. Aussi salies, bafouées, brisées que les autres filles. Dans son regard, il avait cru lire, parfois, comme une invitation. Une invitation à la paix, à une vie banale et pourtant satisfaisante. Mais Razvan avait toujours détourné les yeux d'un air mauvais.

La mort d'Olga et celle de sa cousine Yasmin, la même nuit, avaient eu de lourdes conséquences pour lui. Les filles l'avaient détesté davantage. Pendant plusieurs mois, il avait senti leur mépris glisser dans son dos sans trouver le moyen d'atténuer leur colère. Puis il n'avait plus été capable de se faire obéir. Avec la vieille, il avait eu l'intime certitude qu'elle ne craignait plus rien de lui, que la mort l'emporterait bientôt ici ou ailleurs, mais qu'elle ne s'en préoccupait plus. À son âge, après ce qu'elle avait enduré, ce ne pourrait être qu'une libération. Elle avait continué à veiller sur les filles comme une mère et ni lui ni aucun autre homme ne l'avait plus jamais contrainte.

Razvan n'avait jamais oublié l'expression de douleur qui déformait ses traits tirés cette nuit-là. Un soir, peu après l'accouchement, il l'avait obligée à lui raconter ce qui était advenu à l'enfant. Malgré les coups qu'il lui avait donnés, elle n'avait rien avoué. Il en avait déduit que la petite avait été sauvée. Il avait longtemps gardé en mémoire le nom de celle qui avait accouché Olga, le docteur Olivia Bapst.

Les deux décès, la colère des prostituées : il y avait eu trop de problèmes autour de Razvan. Le *signor Kosta* s'en était mêlé. C'était dangereux pour le business, soit il se reprenait, soit il serait liquidé. Le réseau avait rapidement été éparpillé, les filles séparées, et Razvan avait changé d'activité. Il s'était mis à gérer pour le Boss les livraisons de drogues qui étaient acheminées par des moyens toujours plus ingénieux, de la Roumanie via l'Autriche puis l'Allemagne ou par l'Italie. Le *signor Kosta* était un génie, il avait installé plusieurs petits laboratoires où de lamentables chimistes substituaient, greffaient des groupes d'atomes sur des molécules déjà existantes pour modifier leur structure et, donc, leur action. Razvan récupérait ces drogues de synthèse, proposées en dragées amusantes et colorées, appréciées des milieux friqués et branchés de Paris et de sa banlieue. Les microcosmes de la finance, de la politique, de la presse, de la mode flirtaient avec la mort, une coupe de champagne à la main. Et Razvan s'en foutait bien.

Ce métier plus solitaire, plus organisé lui convenait parfaitement. On lui donnait une adresse, il y récupérait un paquet qu'il livrait dans un entrepôt proche de la gare de Massy-Palaiseau. Ses journées étaient planifiées et il s'était bientôt rendu compte que cette routine et la solitude lui faisaient un bien fou. Ses crises de violence se diluaient dans un passé confus, la colère cédait peu à peu du terrain et il s'estimait à présent plus patient. Et lorsque son sommeil était traversé de cauchemars, lorsque ses réveils étaient un mélange de tristesse et de rage, même si la tentation de persécuter une femme et plus spécifiquement une prostituée le cernait encore, il parvenait à maîtriser ses nerfs. Une sorte d'accalmie avait remplacé le soulagement fugace du mal accompli, et les nuits de Noël ne se ressemblaient plus. C'en était fini de cette tension déchaînée et vaine, à la place il s'était mis à la peinture à l'eau.

Pendant ces sept années agréablement monotones, Razvan avait réussi à se contenir, à maintenir un fragile équilibre entre l'apaisement et la folie que se disputait son esprit en désordre. Il s'était aperçu que ses tendances impulsives se calmaient lorsqu'il prenait ses pinceaux et que ses pensées s'envolaient alors vers la Moldavie de son enfance. Celle où sa mère chantonnait dans un jardin en étendant du linge propre sur une corde. Celle où, lui tenant la main, ils croisaient des charrettes en bois lourdes de foin. Celle où, assis sous un arbre, il regardait au loin un lac dont la couleur était la même que celle des yeux de sa mère.

Dès lors que ses jours furent comptés, tout changea pour Razvan. Même si la présence de la mort l'accompagnait depuis longtemps, s'il s'était habitué à la croiser et s'il lui était arrivé de la donner, sa compagnie lui déplaisait fortement. À présent, c'est lui qui allait mourir. Ce serait violent et, pour la première fois, il avait peur. Ses forces allaient faiblir et l'urgence de la situation avait amorcé sa réflexion. Il n'avait plus ni le temps ni le choix et s'était organisé afin de contrôler ses derniers moments et abréger ses souffrances et son agonie. Pour cela, il se constitua une réserve d'héroïne et de cocaïne, pour ses shoots quotidiens, qui devrait suffire à sa consommation jusqu'au dernier jour. Il avait prévu en conséquence. Et lorsqu'il le déciderait, il triplerait la dose, s'enfoncerait dans cette zone chaleureuse qu'il aimait de plus en plus souvent rejoindre, le poids de sa vie s'allégerait complètement, sa respiration s'arrêterait, sa mâchoire se raidirait ; enfin ce serait terminé. Mais avant cette ultime étape, il voulait retrouver l'enfant. Après de patientes recherches, il avait localisé le docteur Olivia Bapst, dans une clinique privée dans le sud-ouest de la France. Et un matin de juin, il avait débarqué à la gare de Biarritz, avec l'intention de faire parler la jeune femme. Dès le lendemain, il l'avait suivie depuis le parking de son lieu de travail, pour connaître son adresse et ses habitudes. C'est ainsi qu'il avait aperçu sa fille pour la première fois.

C'était un samedi, la femme médecin prenait un verre à la terrasse d'un café avec des amis ; une enfant d'environ six ou sept ans jouait avec un vieux chat à quelques mètres d'elle, devant l'entrée d'une impasse.

— Mon gros Toulouse, mon chat de chat, viens, viens !

La petite fille avait des cheveux longs, raides et si blonds que Razvan eut peu de doutes. Lorsqu'elle se retourna, il vit ses yeux immenses et un sourire qui fit chavirer quelque chose au fond de lui. La légèreté, l'insouciance et une joie pure imprégnaient chacun des gestes de la fillette et Razvan en fut troublé et ému.

Cette enfant n'avait aucune raison de ne pas croire que la vie répondrait à ses rêves. Elle ne pouvait pas encore concevoir que tout, absolument tout sur cette terre, pouvait être anéanti en quelques secondes. Et que son monde, son petit monde, pouvait être fracassé par les délires d'un homme qui l'observait, d'un angle de la rue.

27

— Maman, j'ai rendez-vous aux halles avec Thomas. Tu peux me déposer en allant faire les courses ? Il pleut trop !

— Bien sûr. Attends-moi au bout de l'impasse, je te prends au passage, d'accord ? Zoia, les garçons ? Restez à la maison ! Je fais un plein de courses et je reviens.

Elle pensa : Avec ce temps de chien, je ne vois pas trop où ils pourraient avoir envie d'aller.

Il ne faut pas plus de cinq minutes en voiture pour se rendre de la rue d'Espagne jusqu'aux halles, mais la pluie torrentielle déconcertait les automobilistes qui avaient allumé leurs phares et avançaient à une allure prudente, freinant, hésitant sur la possibilité d'accélérer malgré le déchaînement des éléments. Des lames d'eau s'abattaient par trombes sur les trottoirs, sur les capots des voitures. Une tempête d'une violence surprenante tombait sur la ville, comme souvent sur la côte basque, où les orages se préparent sur les versants des Pyrénées en se gonflant de l'humidité de l'océan et du ciel, pour tout déverser, en quelques minutes parfois, sur une population en alerte. Dans la voiture, Emma profita de ce tête-à-tête pour s'ouvrir à sa mère :

— Maman, tu sais que Thomas est à Bordeaux maintenant et on envisage de vivre ensemble l'année prochaine. Il y a un master qui pourrait m'intéresser et…

Olivia lui coupa la parole.

— Chérie, tu as l'âge d'aller où tu veux, à condition de savoir pourquoi. À vingt ans, j'habitais depuis deux ans déjà à Montpellier avec Isa, et quand j'ai terminé mon externat, j'avais déjà un bébé de quelques mois, toi. Crois-moi, personne ne me disait plus ce que je devais faire. Mais on en parlera plus tranquillement. Je dois me concentrer sur la route. Je ne vois rien et c'est dangereux.

Le fracas des gouttes qui s'écrasaient sur sa voiture commençait à s'atténuer.

— Tu ne m'as jamais dit. Tu as aimé mon père ?

Emma posait rarement des questions le concernant, peu curieuse ou sans doute fataliste face à ce drôle de personnage paternel. Olivia aurait préféré un environnement et un moment plus propices pour se replonger dans ses souvenirs. Les embouteillages, la pluie la déconcentraient, et elle avait du mal à offrir à sa fille toute son attention.

— Bien sûr que j'ai follement aimé ton père. Il était officier de marine marchande. Je l'ai croisé, un soir d'été, dans un petit bar de l'île de Procida, dans la baie de Naples. L'attraction a été immédiate. Physiquement inéluctable. Comme si mon corps se déployait vers cet homme atypique qui ne me quittait pas des yeux.

— Pourquoi atypique ?

— Il avait une barbe hirsute et des cheveux en bataille. Sa carrure me rassurait, son allure m'affolait, son intelligence m'ouvrait les yeux sur des horizons que je n'avais jamais soupçonnés. J'ai eu un coup de foudre. C'est irrationnel. Il n'a pourtant rien fait pour me cacher ses projets de vie. Au contraire. Il a beaucoup insisté pour que je comprenne que lui et moi, cela se terminerait à la seconde où il quitterait l'Italie et reprendrait un navire pour le bout du monde. Que son seul but, c'était de travailler sur des cargos, de voyager où il en avait envie et de rester libre. Mais il m'a laissé une adresse chez sa mère.

— Et tu es tombée enceinte ?

— Oui, l'instinct de reproduction, une pulsion irraisonnée, je crois. Ce n'était pas très chic de ma part mais dans les histoires d'amour, il n'y a pas seulement de l'amour. J'aurais probablement aimé avoir un père comme lui, libre, baroudeur, inclassable. J'ai sans doute imaginé que ma grossesse pourrait le faire changer d'avis. Quelques mois plus tard, j'ai écrit chez sa mère pour lui annoncer ta naissance. Mais je n'ai jamais eu de réponse.

— Tu penses qu'il a lu ta lettre ?

— Oui, il savait et il n'a rien fait. C'était très violent pour moi qui espérais fonder une famille stable. Mais c'était aussi très puéril, car je ne pouvais m'en prendre qu'à moi-même. Il avait été honnête et moi non.

— J'avais quel âge quand il m'a vue la première fois ?

— Deux ans à peu près. Mais après, à chaque fois qu'il était en Europe, il passait te voir. Chérie, tu as un drôle de père, c'est certain. Il ne s'intéresse qu'à sa liberté. Mais il a ses propres démons à apprivoiser et il ne faut pas trop lui en vouloir. Il ne voulait pas d'enfant, il a été clair. C'est moi qui ai fait preuve de légèreté. Pourquoi me poses-tu toutes ces questions maintenant ?

Le feu passa au rouge, Olivia freina quand une silhouette descendit avec prudence du trottoir et traversa la rue, juste devant leur voiture. C'était un homme maigre au visage émacié, qui marchait difficilement. Il s'arrêta un instant au milieu du passage clouté, la pluie ruisselait tout autour de lui. Tournant la tête, il leva les yeux vers elle et croisa son regard. Olivia en fut pétrifiée. Cette ombre maladroite ressemblait tant à ce Razvan. Elle resta de longues minutes interdite. Les voitures derrière elle se mirent à klaxonner.

— Maman, avance !

Fallait-il encore se raisonner ou enfin affronter ses pires tourments ? Au fond d'elle, elle savait qu'elle avait toutes les raisons de s'affoler.

Elle déposa Emma aux halles et finit par arriver devant le supermarché. C'était comme si elle ne se sentait plus réelle, comme dans un état second. Sa liste de courses à la main, elle arpentait les rayons sans vraiment s'intéresser à ce qu'elle faisait là.

Derrière elle, le docteur Bauche, un panier à la main, se prêtait au même exercice. Celui de remplir son frigo. Pour lui, c'était sans doute plus facile. Seul depuis la mort de sa femme, il achetait toujours les mêmes produits, chaque semaine, sans se préoccuper de changer la liste de ses achats.

Il la reconnut et la regarda avec intérêt se mouvoir, sans aucune logique, dans les allées du magasin. Son dos droit, ses cheveux coupés au carré au-dessus des épaules, blonds, si blonds. Ellc était à quelques mètres devant lui, s'avançait, s'arrêtait tout à coup de longues secondes, sans jamais sentir sa présence. Aussi n'osa-t-il pas l'approcher.

Alors, il observa la façon étrange qu'elle avait de se déplacer et imagina qu'il y avait, étonnamment, comme un espace incertain sous ses pas. Car elle semblait ne poser que le bout de sa chaussure sur le sol. Elle restait ainsi, sur la pointe des pieds, suspendue, hésitante. Fragile ? Comment aurait-il pu deviner qu'elle pouvait être en danger ? De temps en temps, elle se figeait dans ses mouvements, le bras tendu vers un rayonnage, comme interdite. Il ne savait interpréter les signaux qu'elle envoyait. Son comportement ne ressemblait pas à celui de cette femme qu'il avait plusieurs fois rencontrée. Peut-être était-elle bouleversée ? Il pensa : Elle doit quand même avoir les pieds sur terre. Tout le prouve. Son métier, ses responsabilités. Alors, pourquoi semble-t-elle si perdue ?

Ébranlée par la vision fantomatique de celui qu'elle n'aurait jamais voulu revoir, Olivia chargeait toujours son chariot et ses gestes mécaniques trahissaient son désarroi. À présent, sa vie ne tenait plus qu'à un fil. Un fil relié à un homme dangereux dont elle ne savait pas grand-chose, mais dont elle avait volé le nouveau-né. Et rien ni personne ne pourrait jamais effacer son acte impardonnable et, pourtant, si humain à ses yeux. Oui, elle avait volé un bébé. Elle avait volé l'enfant d'un proxénète et d'une prostituée. Et comme elle n'avait pas l'intention de le rendre, elle devait donc avancer jusqu'au bout avec cette menace de gouffre sous les pieds. Elle ferma les yeux, prise d'un vertige.

Le docteur Bauche, la voyant ainsi vaciller, perçut enfin son émotion. Elle était comme au bord des larmes. Il aurait aimé avoir le courage de l'aborder et de la prendre par la main. Elle aurait pu continuer à marcher les yeux fermés si cela l'aidait à se recentrer. Il aurait été là pour la guider. Mais il ne s'approcha pas et se contenta de la contempler, de loin. Tout à coup, elle parut se reprendre et se dirigea résolument vers les caisses. Elle passa même devant lui sans le remarquer. Il vit qu'elle avait pleuré.

Alors il songea, pour la première fois, qu'il était près de tomber amoureux de cette femme à la démarche hésitante, dont il ne savait rien. Et qu'à ses côtés, étrangement, il retrouverait peut-être toute la force du monde.

Sur le trajet du retour, Olivia essaya de réfléchir aux défaillances possibles de son organisation et aux moments où Zoia pouvait être vulnérable. En théorie, la stratégie de protection élaborée avec Isabelle était presque fiable, puisque Zoia n'était jamais seule.

Fiable, mais pas imparable, car personne ne pouvait imaginer de quoi Razvan était capable. La seule façon de la protéger aurait été qu'Olivia ne la quitte jamais des yeux. Mais elle ne pouvait s'y résoudre. Elle était bousculée par un conflit entre sa vie de famille et sa carrière. Son implication à la clinique était totale et cette écrasante responsabilité, accentuée par la nécessité absolue de veiller sur ses enfants, lui était de plus en plus difficile à assumer. Elle se sentait écartelée et s'acharnait pourtant à vouloir tout concilier. Mais c'était faux, tristement faux, douloureusement faux. Elle n'était pas assez présente chez elle, auprès de Zoia, plus certaine d'assurer correctement la protection des siens malgré les tours de garde d'Isabelle, malgré l'alarme censée la prévenir des rôdeurs, malgré sa vigilance. Et elle était coupée en deux par le remords.

Elle aurait aussi aimé ne jamais avoir besoin de dormir, rentrer de la clinique après son travail, sans culpabilité aucune puisque sa tribu aurait été en sécurité et qu'elle aurait eu tout le temps du monde à lui consacrer. Mais c'était impossible, à moins de vouloir devenir folle. Oui, c'était à devenir folle.

Quand elle gara sa voiture dans la ruelle près de l'impasse, la pluie se déversait toujours par bourrasques rapprochées sur son pare-brise. Olivia se crispa, écrasée par l'angoisse. De nombreuses peurs naissent de la fatigue et de la solitude, mais elle prenait conscience qu'elle avait toutes les raisons du monde de paniquer. Elle ferma son blouson, attrapa ses sacs de courses et s'apprêta à ouvrir la portière pour courir dans l'obscurité et se mettre à l'abri. Pour se mettre à l'abri ? Il fallait être inconsciente pour imaginer qu'ils étaient à l'abri. Ils ne le seraient plus jamais.

28

Jusqu'à la fin du mois d'octobre, Biarritz se délectait encore de la douceur de l'air et de magnifiques journées ensoleillées. La baisse des températures n'était pas si perceptible et « les locaux » continuaient à déjeuner aux terrasses des cafés et à baguenauder sur les chemins, au bord de l'océan. Seuls les jours qui raccourcissaient rappelaient à ceux qui traînaient encore autour des halles, le soir, que l'automne était pourtant bien là. Car, brusquement, la première semaine de novembre déversa sur ces insouciants son lot de vent et de pluies froides. L'hiver s'annonçait bientôt. Impossible de faire semblant de croire que l'intermède estival durerait toute la vie.

Il était temps pour Razvan de se préparer à mourir.

Il s'était étonné de cette longue intersaison, lumineuse et paisible, même s'il n'en profitait plus depuis déjà quelques semaines. Chaque pas lui arrachait des lambeaux de vie. Il éprouvait à présent trop de douleurs pour marcher jusqu'à la médiathèque ou même jusqu'à l'océan, qu'il avait pris tant de plaisir à contempler ces derniers mois. Il passait donc tout son temps libre à guetter le moment où il pouvait croiser Zoia quelques instants. Lorsque Razvan observait la fillette à la jumelle, depuis la fenêtre de sa chambre, lorsqu'il se postait sur un banc, à l'abri des regards pour surveiller l'impasse où elle jouait, il était miraculeusement heureux, comme il ne l'avait sans doute jamais été. Comme si cette petite merveille pleine de vie le guérissait de ses années d'errance.

Chaque fin d'après-midi, il rassemblait ses dernières forces et descendait avec peine le vieil escalier vermoulu de la maison où il louait sa chambre. Il restait autour de la petite place et attendait patiemment que Zoia rentre de l'école, vers seize heures. Leur stratagème secret était parfaitement huilé. Elle n'avait pas conscience de son état, n'imaginait pas que sa démarche difficile était les conséquences d'une maladie inguérissable et mortelle. Lui faisait semblant de ne pas la connaître, mais elle s'approchait assez pour qu'il lui glisse un message ou un dessin, soigneusement plié, qu'elle fourrait rapidement dans sa poche, l'air de rien. Il lui écrivait des choses sans importance, des descriptions de son pays, des mots de vocabulaire en moldave. Zoia savait comment dire, à présent, « bonjour », « au revoir », « merci », « chat », « goûter » et « à demain » dans cette langue gutturale et étrange. Pour la petite fille, tout cela n'était qu'un jeu innocent. Elle avait juste un drôle d'ami et n'était pas en mesure de concevoir la singularité de cette relation.

Depuis peu, quand Razvan remontait chez lui, sa soirée était consacrée à soulager ses douleurs et, pour ce faire, à trouver une veine pour sa dose. De plus en plus souvent, après dix tentatives qui lui laissaient autant de trous dans le bras, l'héroïne injectée n'avait plus l'effet escompté. Certes, son cœur s'emballait jusqu'à la limite de l'infarctus et la douleur cédait, mais seulement pour quelques heures. Alors il restait prostré sur son lit, obsédé par Zoia, se demandant cent fois par jour ce qu'il ferait bientôt de cette enfant aux yeux de chat. Il imaginait confusément que sa présence à ses côtés l'aiderait sans aucun doute à sauter le pas vers l'ultime étape et le néant. Il pensa qu'il lui faudrait l'attirer à lui, la faire monter jusqu'à sa chambre. Cela ne devrait pas être si compliqué, Zoia n'avait plus aucune appréhension à son égard. Elle ne se méfierait pas.

Un matin, à l'aube d'un jour lugubre de la fin de novembre, un sentiment d'urgence le réveilla et il prit sa décision. Les premières gelées l'obligèrent à rester au lit, où il grelotta la majeure partie de la journée, mais il prit le temps de récapituler le déroulement de son suicide. Une souffrance acérée entourait chacun de ses gestes, même le plus anodin. À tout instant, il sentait dans ses os une déchirure, un écrasement et, dans ses muscles, un émiettement qui désagrégeait chaque parcelle de son corps. Ce n'était plus supportable. À quoi bon faire durer l'agonie quelques jours de plus ?

À quatorze heures, à bout de forces, il s'injecta deux cents milligrammes de coke. Une fois le rush passé, il utilisa ses quelques heures de relative tranquillité pour se préparer. Il fallait que tout cela cesse. Que cette souffrance se termine avant la fin du jour.

L'humilité face à la mort est un vertige. Sans doute n'avait-il jamais parlé à personne du départ de sa mère et de la solitude de son enfance face à un père alcoolique et brutal. Sans doute n'avait-il jamais pu exprimer ses terreurs. La frustration avait tout empoisonné, l'orgueil et la violence avaient été ses maîtres et, les années passant, il n'avait eu d'autre choix que de retourner cette colère contre lui puis de se venger de cette femme qui l'avait mis au monde et l'avait abandonné une veille de Noël.

Plus tard, dans l'après-midi, Razvan se mit à délirer. Il rêva qu'une armée de femmes, silencieuses et hostiles, étaient rassemblées devant lui, comme à l'heure du jugement dernier. Parmi elles, Olga, son regard braqué sur lui, semblait lui demander des comptes. Il avait toujours cru être du côté des gagnants, mais l'ombre des prostituées battues, piétinées et laissées à terre lui prouvait le contraire. Il se réveilla trempé de sueur. Il serait mort ce soir. Toute cette violence accumulée le frôlait depuis de trop longues années et troublait ses derniers moments de paix.

Mais que devait-il faire de son enfant ? N'était-il pas temps de ramener Zoia à sa mère ?

Depuis qu'il était malade et que la mort le cernait, il réalisait avec amertume qu'il n'avait jamais été qu'un tocard, un pauvre type arrogant, sans la moindre compassion, qui avait tout saccagé autour de lui. Pire encore : un être déconnecté, sans humanité, capable de prendre du plaisir en voyant souffrir les autres. Razvan était suffisamment intelligent pour avoir analysé les moments décisifs de sa vie, ses choix, ses échecs.

Une constatation amère s'imposait. Il n'avait fait que se tromper. Aussi ne raterait-il pour rien au monde le dernier acte de son existence. Sa lucidité devait, il l'espérait, l'aider à aller au bout de sa décision. Pour lui, tout était organisé minutieusement. Et pour Zoia, il lui fallait être raisonnable. Il n'était pas envisageable de la laisser vivre. Sa vraie mère était morte, celle qui l'élevait n'était rien. Ce soir, tout serait terminé et elle ne souffrirait pas. Il devait réparer un peu du malheur qu'il avait provoqué la nuit du drame, la nuit de la mort d'Olga, la nuit où il avait tellement merdé.

Il n'avait pas d'autre choix.

Enfin, il regarda sa montre et se leva péniblement pour ouvrir la fenêtre de sa chambre, qui donnait sur la petite place. Il attrapa ses jumelles et surveilla l'entrée de l'impasse Iratze-Zabal. S'appuyant contre la rambarde du balcon, il essaya de se maintenir debout quelques instants. Dix-huit heures quarante-cinq, c'était l'heure où Zoia et ses deux frères se rendaient à la boulangerie pour acheter du pain pour le dîner, juste avant la fermeture. Il faisait froid et, malgré une légère brume, il les aperçut, bavardant tranquillement, emmitouflés dans leurs manteaux et leurs écharpes colorées. Un sourire illumina son visage. Cette petite fille ne l'avait pas guéri de ses défaites, mais elle était un concentré éblouissant d'Olga, ou du moins trouvait-il un peu de douceur à l'imaginer. Il s'était attaché à l'enfant, indiscutablement. Sa vivacité, sa curiosité, son petit menton volontaire et ses grands yeux innocents l'attendrissaient bien plus qu'il ne voulait l'admettre. Avant elle, avait-il un jour été ému par quoi que ce soit ? Non. Ce qui le faisait chavirer plus que toute autre chose était la façon dont Zoia lui parlait. Sans aucune peur. Elle plantait ses iris dans les siens et lui racontait ce qu'elle voulait, sans craindre ses impatiences, sa colère ou son mépris. Il était captif de cette enfant tranquille que la détresse avait épargnée.

Il les vit traverser la rue. C'était le moment d'attirer la fillette chez lui. Il la tuerait sans la faire souffrir et se donnerait un dernier shoot avec le reste de ses drogues afin de la rejoindre au plus vite. Cette idée ne lui procura qu'une immense onde de tristesse. Face à la boulangerie, Zoia tourna la tête vers la fenêtre. Il leva un bras pour lui faire un petit signe de la main et chancela de douleur et de chagrin.

Sur le chemin du retour, Ernest tenait le pain sous son bras et montrait à son frère, très attentif, des vidéos de compétition de surf sur son téléphone portable. Aucun des deux ne saurait expliquer à leur mère à quel moment précis Zoia avait disparu.

29

Dans la maison, les garçons retirèrent leurs manteaux, qu'ils jetèrent négligemment sur le bras du fauteuil de l'entrée avant de pénétrer dans la cuisine. Inconscients, penchés l'un vers l'autre, et encore préservés de la dévastation. Légers, souriants, affamés surtout. Comment ces adolescents heureux, jamais confrontés à de grandes douleurs, auraient-ils pu les concevoir dans leurs vies, leur famille ?

Les drames sont souvent une stupéfaction.

De dos, face à l'évier, Olivia préparait leur dîner en écoutant sa playlist préférée. Un plat d'hiver réconfortant mijotait sur le feu, une soupe de carottes au cumin et aux éclats de noisette. Un verre de vin était posé sur le plan de travail. C'était une soirée d'automne un peu froide et humide où l'on doit faire entrer de la chaleur dans son foyer. En entendant ses enfants rentrer, elle se retourna et cria :

— Zoia, ferme la porte d'entrée, s'il te plaît.

Mais un silence lourd plana dans la pièce. Quelques secondes leur suffirent pour constater que l'enfant n'était pas dans l'entrée, ni dans la maison. Le regard d'Olivia se figea, elle pivota doucement vers ses fils, tout à coup inquiets ; leur petite sœur n'était pas avec eux.

Alors elle coupa le feu de sa gazinière, laissa les

lumières allumées, le verre de vin entamé et se précipita dans l'impasse puis à la boulangerie, qui venait de fermer, pour constater que Zoia n'était plus nulle part, qu'elle était introuvable et que l'obscurité de ce mois de novembre allait tous les engloutir.

César et Ernest avaient suivi leur mère dans la panique. Soudain, elle arrêta sa course au milieu de la rue, pétrifiée par la peur et déjà vaincue par les appréhensions de ces derniers mois. Ce qu'elle redoutait confusément était advenu et elle savait qu'elle ne survivrait pas à une nuit sans Zoia, en sécurité auprès d'elle. Alors, les deux adolescents la virent se plier de douleur et d'effroi. Ernest se précipita vers elle pour la prendre dans les bras et la redresser sur ses jambes.

— Maman, maman ! Relève-toi. Je t'en prie. On va la trouver.

Olivia suffoquait. Elle s'était écroulée sur les pavés de l'impasse, recroquevillée, accablée devant le gouffre qui venait de les ensevelir. Il ne restait de leur mère qu'une petite silhouette brisée et secouée de sanglots. Ils saisissaient intuitivement qu'elle avait senti le drame bien avant qu'il n'éclate, comme les animaux sentent les tempêtes dans les ciels les plus bleus. Sa force et sa détermination avaient été si vite ravagées. Son sang-froid, qui jusqu'à présent ne lui avait jamais fait défaut, s'était effacé d'un seul coup. Même s'ils étaient jeunes, ils réalisaient qu'elle était anormalement anéantie. Il leur sembla que leur mère venait d'abdiquer face à un ennemi si redoutable qu'aucun combat ne lui paraissait envisageable.

— Maman, calme-toi. Elle est peut-être allée chez Fanny.

Olivia releva la tête. Elle était si pâle soudain, ses yeux exprimaient une détresse inconsolable qui les bouleversa. Elle parvint à articuler :

— Non, César, elle est en danger. C'est certain.

— Alors on téléphone à la police !

— Non, je ne peux pas prévenir la police.

— Mais pourquoi ?

Elle reprit sa respiration et, avec un semblant d'assurance, livra des bribes d'explication.

— Ce n'est pas le moment de vous dire pourquoi. Pas le temps. On doit se débrouiller seuls pour la chercher. C'est un type que j'ai rencontré il y a longtemps. Il rôde autour de Zoia depuis quelques mois. Je ne l'ai jamais croisé ici, mais j'ai trouvé des indices qui m'ont alertée. Je sais que c'est lui. Je sais qu'il est là pour elle. Je sais aussi qui il est. Et surtout pourquoi il veut la récupérer. C'est un sale mec, violent. Et probablement aussi, un assassin.

César et Ernest essayaient de garder leur calme, mais les paroles et le fatalisme de leur mère les assommèrent tout à fait.

— Maman, tu veux dire que depuis dix minutes, Zoia est peut-être avec un assassin ?

Il y eut un long silence, et Olivia murmura :

— C'est son père.

— Son père ! Je comprends rien, enchaîna César,

devenu blême. Explique-moi mieux. Son père, c'est un assassin ?

Mais Olivia ne répondit rien. Elle pleurait, sanglotait, brisée par la certitude qu'elle ne reverrait jamais Zoia. Que son père était revenu pour la lui reprendre, la lui arracher. Et pour en faire quoi ?

César butait contre cette phrase incompréhensible : « Le père de sa petite sœur était probablement un assassin. » Ernest reprit plus rapidement ses esprits.

— Maman, ce type, je crois savoir à quoi il ressemble. On l'a croisé plusieurs fois. Depuis l'été, il est souvent dans le quartier, assis sur le banc, toujours le même, à ne rien faire. Il est facile à repérer, il ne ressemble à rien. Pas vraiment un SDF et pas non plus un type qui se lève le matin pour aller bosser. Zoia n'arrêtait pas de lui sourire ou de lui faire des petits signes de la main. Il doit habiter tout près. On y va, maman, allez, viens !

— Où Ernest ? Où veux-tu aller ?

— On va frapper à toutes les portes, on va le décrire et on trouvera bien où il habite. Forcément tout près puisqu'il devait surveiller nos mouvements. On le croisait trop souvent pour que ce soit un hasard.

Son esprit ankylosé par la peur reprit peu à peu son activité normale. Enfin Olivia se mit de nouveau à réfléchir en médecin.

Avec un recul nécessaire qui, dans son métier, l'avait souvent sauvée de débordements d'émotions. Avec une façon de penser méthodique, précise. Une apparente froideur, quelle que soit la situation et qu'elle appliquait à toutes les facettes de sa vie. Mais qui s'était interrompue quelques instants.

— La dernière fois que vous avez vu Zoia, où était-ce et à quel moment exactement ?

— Dans la boulangerie, répondit Ernest. Elle était derrière nous, elle ne nous parlait pas. On est sortis du magasin et on a traversé la rue avec elle. César lui tenait la main. Puis on est entrés dans l'impasse, on croyait qu'elle nous suivait.

— C'est vrai, maman, à ce moment-là on ne faisait plus attention à elle, on marchait devant.

— Ce n'est pas de ta faute, mon chéri. Mais soyez le plus précis possible.

— À l'entrée de l'impasse, devant le camélia.

— Elle a donc soit croisé, soit vu ce type à ce moment-là. Entre la sortie de la boulangerie et l'entrée de l'impasse ?

— Il y a quelques mètres et la rue à traverser.

— Elle est forcément tout près, remarqua Ernest.

— Sauf si le type a une voiture…

Olivia resta interdite devant cette nouvelle possibilité.

— Non, le type… il a du mal à marcher. Il serait pas capable de conduire une voiture.

— On prévient Isabelle ?

— Envoie-lui un SMS, mais on n'a pas le temps de l'attendre. Préviens Emma aussi.

— Vite, maman. On va taper à toutes les portes proches de la boulangerie, aux maisons avec des fenêtres qui donnent sur l'impasse ou la place. Puis on élargira si ça ne donne rien.

— Dis à ta sœur de s'enfermer dans la maison. C'est

tout ce qu'elle doit faire, s'enfermer et nous attendre, n'ouvrir à personne.

— On y va, maman ?

— Oui, on y va. Ernest, va chercher un couteau dans la cuisine. On doit aussi pouvoir se défendre.

Quelques minutes plus tard, Olivia et ses fils couraient vers la rue d'Espagne. Ils avaient prévu de ne pas se séparer. Mais sur le trottoir, ils distinguèrent la petite silhouette familière. Seule, immobile, Zoia ne détachait pas ses yeux de ceux de sa mère et de ses frères, comme si elle les attendait.

— Zoia ! Zoia ? Ça va ? Chérie, tu es blessée ? Zoia, parle ! Pourquoi tu pleures ? Zoia, parle, dis-moi.

Olivia serrait sa fille dans ses bras, agenouillée par terre, sanglotant, les gestes désordonnés, la palpant, caressant son visage plein de larmes. Mais Zoia, anormalement calme, repoussa sa mère et l'obligea d'un seul regard à l'écouter.

— Maman, c'est mon ami, il s'appelle Razvan. Il est très malade et aujourd'hui, il dit qu'il va mourir. Il m'a fait un geste de sa fenêtre tout à l'heure et j'ai vu qu'il n'allait pas bien, qu'il allait tomber en arrière. Je savais pas trop où il habitait mais j'ai trouvé la porte de sa petite maison. J'ai couru, je suis entrée et j'ai été en haut de l'escalier. La porte était presque ouverte et il était par terre. J'ai cru qu'il était mort déjà parce qu'il avait les yeux fermés. J'ai eu si peur. Mais il m'a serré un peu la main et il a fait un sourire. Maman, je crois que c'est lui mon papa. Dans sa chambre il y a des photos de moi partout, accrochées avec du scotch. Maman, vite, tu dois venir. Et tu dois le soigner.

— Chérie, est-ce que tu vas bien ? Il ne t'a pas fait de mal ?

— Maman, je te dis qu'il est malade. Viens ! Vite ! On y va, s'il te plaît.

— Oui. Ne t'inquiète pas, ne pleure plus. Ernest, César, rentrez avec Zoia et enfermez-vous dans la maison. Moi, je vais aller le voir.

— Non, maman, César et Zoia rentrent à la maison si tu veux. Nous, on y va tous les deux, armés. Ou alors t'y vas pas, répondit Ernest avec autorité.

Elle regarda ses fils. Elle admira alors ce qu'ils étaient à cet instant, dans cette épreuve : solides, courageux. Leur concentration, leur façon bien particulière de considérer la situation. Deux jeunes hommes droits, le sens de l'honneur déjà chevillé à l'âme et capables de se mettre en danger, sans hésitation, pour leur petite sœur ou leur mère. Elle tourna la tête vers sa fille, qui ne quittait pas une petite fenêtre des yeux.

— Vite, maman, vite, il va mourir sinon.

— Zoia, montre-nous où il habite. Après tu rentreras avec César.

— Non, je veux rester avec lui, demanda-t-elle d'une voix suppliante. Je lui tiendrai la main, il aura moins peur comme ça.

30

Razvan fut hospitalisé en urgence dans l'unité de soins intensifs de l'hôpital Saint-Léon à Bayonne. C'est le docteur François Bauche qui le réanima à son arrivée. L'ancien proxénète avait toujours imaginé qu'il mourrait seul, au moment exact où il le souhaiterait. À bout de forces, il donna aux équipes médicales affairées autour de lui toutes les précisions possibles sur son état. Il ne s'agissait plus de le soigner mais de lui foutre la paix. Il semblait résigné devant sa mort imminente. Après une rapide concertation entre les médecins du service et un point global prenant en compte l'encombrement de l'accueil des urgences, les activités du bloc de réanimation, les réductions budgétaires nécessaires et les possibilités de l'unité de soins palliatifs, il fut décidé qu'une dose massive de naloxone pourrait soulager ses dernières douleurs, et que rien d'autre ne serait envisagé.

— Tout traitement à visée curative, ou même frénatrice, ne servira à rien. Vous êtes d'accord ?

— Il a de la famille ce type ? On prévient qui ?

— De la famille ? Je sais pas. Mais c'est la gynéco de la clinique Ossuna qui a rempli sa fiche d'admission. La jolie femme qui parle à personne.

— Tu veux dire, Olivia Bapst ?

Le lendemain matin, Olivia entra dans la chambre de Razvan sans frapper. Il était allongé sur le dos, ses yeux à demi clos restaient fixes, dirigés vers le plafond. Il tourna difficilement la tête vers la porte et attendit qu'elle parle.

— Vous me reconnaissez ?

— Oui.

— Que vouliez-vous ?

— Voir mon enfant et mourir.

— Hier soir, vous vouliez vous suicider ou c'était une overdose accidentelle ?

La voix d'Olivia était dure, froide. Elle le toisait à présent, plus forte que lui, rassurée par ce qu'elle découvrait de son ennemi qui n'était plus qu'un tas de souffrance à la porte de la mort.

— C'est la fin de toute façon, murmura-t-il.

— Vous êtes malade. Que vous a-t-on diagnostiqué ?

— J'ai, comme ils disent, un cancer foudroyant. J'ai mal depuis longtemps, atrocement mal, mais avant d'en finir je voulais voir ma fille.

— Pour quoi faire ?

— Pour la connaître. Zoia, c'est la seule chose bien que j'ai faite dans ma vie.

— Vous n'avez jamais rien fait pour elle. Rien. Ni pour sa mère d'ailleurs.

— C'est vrai. Vous avez raison. C'est même bien pire que ça. J'ai fait des choses terribles. J'ai même pensé que Zoia devait mourir avec moi hier soir. J'ai tout raté dans ma vie.

Olivia ne s'attendait pas à être confrontée aux derniers instants d'un homme détruit, résigné et lucide, un mourant pathétique qu'elle avait imaginé, pendant ces longues semaines d'angoisse, implacable et dangereux. Ce revirement la déstabilisait. Elle avait pensé ressentir une haine farouche, de la peur, une colère froide. Mais de la pitié, non. Ce matin-là, c'est lui qui était à sa merci. En regardant cet homme fini, elle éprouva une sorte de compassion. Oui, il avait tout raté, même sa rencontre avec sa propre fille.

— Au début, je voulais seulement voir à quoi elle ressemblait. Si elle était un peu comme sa mère. Après, j'ai voulu lui parler, peindre pour elle, lui raconter mon pays. C'est tout ce que je demandais au début, la connaître.

Olivia ne décela aucune trace d'humanité au fond des yeux vitreux de Razvan, mais une concentration prudente. Olivia lui coupa brusquement la parole.

— Bref ! Elle sait qui vous êtes ?

— Je n'ai rien dit mais je crois qu'elle devine. Que peut-être je suis son père. Mais il ne faudra pas lui dire. Elle ne mérite pas ça.

— Pourquoi ?

— Parce que c'est comme ça. Vous pouvez me croire.

— Je ne veux pas savoir ce que vous avez fait de votre vie, je m'en fous. Mais il est peut-être temps de vous pardonner, vous ne croyez pas !

— Je ne peux pas me pardonner. Ce que j'ai fait de ma vie est impardonnable.

— Comme vous voulez.

Olivia devenait sarcastique. Le soulagement de se savoir en sécurité, de réaliser que sa fille serait bientôt débarrassée de cette menace, que sa famille allait être libérée de cette angoisse latente lui donnait presque envie de sourire.

— Je vais mourir aujourd'hui, cette nuit, demain et je vais aller en enfer. Quant à Zoia, elle ne se souviendra plus de moi bientôt.

— Ici, ce n'est pas vous qui décidez, ce sont les médecins.

— Non, ici comme ailleurs c'est le destin, c'est la fatalité qui décide. J'ai plus aucun temps pour vivre.

— Vous n'en savez rien.

— Pourquoi vous mentez ?

L'homme était si calme, indifférent face à la mort, malgré le lourd passif de tourments qui creusait ses yeux cernés. Olivia le dévisagea et perçut enfin son accablement extrême, sa maigreur sur ce lit d'hôpital, relié à ces machines bruyantes, perfusé. Alors elle abdiqua.

— D'accord, vous allez mourir. Que voulez-vous que je fasse ?

— Pourquoi vous voulez m'aider ?

— Parce que vous êtes le père de ma fille.

— Ne dites pas ce mot. Je ne mérite pas d'être son père et encore moins d'être aidé.

— Je vous aiderai. C'est mon métier.

— Alors oui, une chose. Je voudrais lui dire au revoir. La regarder une dernière fois.

En fin d'après-midi, Olivia et Zoia entrèrent ensemble dans la chambre où Razvan agonisait. Les volets roulants étaient en partie baissés, le silence occupait tout et la mort s'était emparée de l'espace autour d'eux. Olivia resta debout, à l'écart, incapable d'un geste vers sa fille. Pétrifiée de la regarder s'approcher du lit, du visage de Razvan. Elle vit Zoia tirer seule le lourd fauteuil pour y grimper, lui prendre la main délicatement et observer cet homme, comme pour graver ses traits jusqu'aux confins de sa mémoire.

Zoia semblait tranquille. Pourtant, combien ces instants devaient être difficiles pour elle… Le passage vers la mort est toujours une épreuve, pour des soignants ou des médecins pourtant expérimentés, pour les familles. Et pour une petite fille de sept ans, cela implique un travail, une prise de distance auxquels Zoia n'avait pas été préparée. Alors, devant cet homme des ténèbres qui gardait ses ultimes forces pour être digne face à son enfant, Olivia se résigna à agir. Pour sa fille, qui affrontait cette souffrance immense et dont elle reconnaissait sa détresse d'enfant qui avait grandi sans père. Pour l'espérance qu'elle lui devait en tant que mère. Pour en finir enfin avec son propre passé. Pour prendre une revanche sur la vie.

Olivia s'approcha à son tour de Razvan, presque mort. Seules ses paupières s'animaient encore, le reste de son corps n'était plus qu'une épave douloureuse. Zoia recula pour laisser de la place à sa mère.

Olivia sentit qu'en pardonnant à Razvan elle pardonnait aussi à ceux de sa propre enfance. Elle libérait enfin ses peurs, ses rages, ses désespoirs. L'absolution est un combat difficile, d'abord contre soi-même. En donnant une dignité à l'homme, elle éloignait définitivement les chagrins de son passé.

Elle se dirigea en silence vers la salle de bains pour mouiller une serviette et la passer sur le visage de Razvan, avec douceur. Il sentit la caresse sur ses joues, sur son front. C'était indicible, paisible, bienveillant. Maternel. Un torrent de larmes s'échappa de ses yeux clos et il tourna légèrement la tête vers la fenêtre, probablement par pudeur. Les yeux rivés sur sa fille, Olivia saisit l'autre main de l'homme, qu'elle serra. Un geste d'encouragement, une étreinte sans jugement, le besoin de donner un peu de force à un mourant, de lui faire croire qu'il ne sera pas seul, qu'une petite fille veille sur lui, qu'une femme médecin est prête à l'aider, pour l'amour qu'elle doit à son enfant. Dans la chambre sombre, troublée par le cliquetis des appareils de contrôle reliés aux électrodes, Zoia chantonna une comptine apprise à l'école. La petite voix cristalline s'infiltra au plus profond de son être, et Razvan sourit.

Qu'y a-t-il entre la vie et la mort ? Une émotion où se frôlent et se mélangent la terreur, la lassitude et peut-être une sorte d'impatience curieuse. Les yeux tournés vers Zoia, qui s'était endormie après avoir veillé sur lui, il pensa qu'il aurait voulu prendre sa propre mère dans ses bras. Lui jurer qu'il ne croyait pas une seconde à ce que son connard de père avait raconté sur elle, la privant de dignité pour le restant de ses jours. Il aurait voulu revenir avec Olga dans son village. Réparer le mal commis par sa faute. Il aurait voulu avoir le temps d'aimer sa fille. Il aurait voulu être aimé d'elle aussi. Mais c'était fini, c'était trop tard. La fin était déjà là et il s'y résignait. Olivia chuchota :

— Pourquoi vous ne voulez pas de morphine ?

— C'est mon tour de souffrir.

— La morphine vous aiderait.

— Je veux profiter de chaque seconde avec elle.

Olivia voyait dans la posture de cet homme une telle rigidité, comme s'il devait expier une faute, comme s'il crachait un venin, comme s'il expulsait une colère. Elle s'interrogeait. Pour quelles raisons inconnues d'elles et encore inavouables voulait-il endurer cette dévastation, sans aide chimique ? S'agissait-il d'assumer l'immense douleur d'avoir tant détruit, violenté, blessé l'autre. Quel qu'il soit. Qu'elles soient. D'assumer la déchirure, la solitude et l'abandon ? Les rages qui grondent et qui sont la source des guerres, de toutes les guerres. Au commencement de cette colère, il y a souvent l'amour qui fait défaut. Le manque d'amour est un fléau.

Parfois, on se persuade que l'on s'intéresse aux autres, mais on ne fait que s'en servir. Ce n'était pas Olivia qui accompagnait un homme vers la fin de sa vie, mais un homme en fin de vie qui libérait Olivia.

Elle n'eut presque rien à décider. Elle avait récupéré à la clinique un antidépresseur en gouttes. À forte dose, ce médicament courant provoquait un arrêt cardiaque dans l'heure. Elle le lui avait laissé sur sa table de chevet…

La nuit était tombée depuis bien longtemps. Il leur fallait retrouver leur maison cachée au fond d'une jolie impasse pavée du quartier d'Espagne. Il fallait qu'elle embrasse ses fils et Emma, qu'elle reprenne le cours de sa vie, débarrassée de ce fardeau, de tous les fardeaux qu'elle traînait derrière elle depuis son enfance, de toutes les peurs qui s'étaient sédimentées au fond d'elle et qui venaient d'être désintégrées par la certitude que dorénavant plus personne ne pourrait jamais s'approcher de Zoia pour la lui arracher, ou pour abîmer ce qu'elle avait mis tant de temps à construire. Une famille heureuse.

Elle se pencha sur Zoia et, tout doucement, la réveilla.

— Zoia, il faut partir maintenant.

La petite fille ouvrit les yeux et resta encore quelques secondes silencieuse, engourdie par le sommeil. Puis elle se tourna vers sa mère.

— Avant, est-ce que je peux lui dire que je sais que c'est mon papa ?

— Oui, si tu veux. Tu peux t'approcher et lui murmurer à l'oreille. Il t'entendra.

Plus tard, au plus sombre de la nuit, Razvan, soudain, telle une marionnette, se désarticula sur son lit. Il se cabra, ses membres se crispèrent et il cria. Un long hurlement d'épouvante plutôt que de douleur, d'un effroi absolu. La terreur déformait ses traits. Un dernier souffle. Une expiration. Et le néant. L'infirmière arrivée la première devant son cadavre fut prise de frissons et elle se signa.

Au même moment, chez elle, le sommeil d'Olivia fut traversé une dernière fois par la silhouette fantomatique d'une femme au pied de son lit. Immobile, elle la regardait en souriant comme rassurée, enfin. Elle tenait un petit garçon par la main. Puis elle s'éloigna d'un pas calme, penchée sur l'enfant.

Zoia ne posa jamais aucune question sur Razvan, sans doute parce qu'elle avait obtenu les réponses qu'elle souhaitait et que cela lui suffisait. Elle avait donc eu un papa elle aussi, comme sa sœur, comme ses frères, comme ses amies de l'école. Elle était comme les autres. Son père avait été un peintre et il était mort. Ce n'était pas si mal après tout. Elle se contenterait de cela. C'était toujours mieux que rien.

31

À sept heures quarante-cinq le lendemain matin, le docteur François Bauche sortit du service des urgences dans un intense état de fatigue. Mais avant de rentrer chez lui, de se jeter sous la douche, de dormir deux jours d'affilée, il voulait prendre le temps d'un café devant le soleil levant. La nuit avait été pénible avec l'arrivée aux urgences d'un jeune blessé d'à peine dix-sept ans, Gaspard, très attachant, qui s'était arraché des tendons du pied droit en percutant accidentellement une tôle d'acier. Opéré le matin même par un confrère, l'adolescent allait pouvoir retrouver sa mobilité dans quelques mois. Mais le garçon avait morflé. Et Bauche, malgré une longue expérience d'urgentiste, avait du mal à supporter la souffrance des autres. Une étrangeté. Comment peut-on exercer la médecine et ne pas admettre la douleur des patients ? Il se disait qu'il devait sûrement exister des marins avec le mal de mer, des alpinistes en proie au vertige ou des éleveurs de bétail rétifs à vendre leurs bêtes. Il soupira.

Il avait aussi géré avec ses équipes le lot habituel « d'accidents de voitures, de scooters, d'altercations d'ivrognes, et un arrêt cardiaque avec compressions thoraciques pendant près de trente minutes et défibrillateur ». Oui, sa nuit avait été mouvementée.

Il avait pris son poste à midi la veille et, après sa

nuit de garde, laissait le service dans un état stable, avec seulement douze patients, tous examinés. Et sans aucune urgence dans les couloirs.

Au volant de sa moto, entre Bayonne et le bar du Debololo, à quelques mètres de chez lui, il pensa à cette femme qu'il croisait depuis qu'il avait déménagé : « Elle est belle mais elle ne semble pas l'avoir assimilé. Elle est sans doute préoccupée par d'autres combats. Celui d'être un médecin par exemple. Elle ne remarque pas les regards des hommes sur elle. » Ou peut-être que, tout simplement, elle ne le remarque pas, lui. Pourtant, à chaque fois qu'il la voit, il s'arrête pour la regarder passer.

Il s'était étonné qu'elle ait accompagné ce drôle de mec arrivé dans son service, l'avant-veille. Un mourant. Cancer en phase terminale. Shooté aux drogues dures. L'association entre eux était improbable. Bauche ne comprenait pas quels pouvaient être leurs liens. Elle avait passé du temps dans la chambre du patient, avec une petite fille. Au détour des parties communes de l'hôpital, il l'avait entr'aperçue, flottante, comme souvent, le regard perdu vers un nuage d'interrogations. Les rides contractées sur son front témoignaient de ses préoccupations, mais elle n'avait pas l'air triste.

Son allure si différente, à la fois élégante et simple, cette fois-ci, l'avait complètement transpercé. Il n'arrêtait plus de penser à elle. Bauche… frappé en plein cœur.

Il sait à présent que, quelle que soit la couleur du ciel, elle porte un pantalon en soie fluide qui laisse ses chevilles fines, libres de toute entrave. Même l'hiver. Seuls les tons changent. Hier, dans les couloirs de l'hôpital, sa démarche était lente encore, hésitante. Elle tenait la petite fille par la main, les doigts posés sur le mur, comme pour guider son trajet. Il l'avait suivie du regard et pensé qu'elle marchait peut-être les yeux fermés. Comme lorsqu'il l'avait croisée au supermarché. Là encore il aurait voulu oser s'approcher d'elle et lui tenir la main.

Le patient était mort dans la nuit. Un nom improbable : Razvan Cojicaru.

Au service admission, elle avait assuré qu'elle s'occuperait des obsèques.

Personne sur la route, il est trop tôt et il fait froid. Mais le ciel est bleu, limpide et la perspective de prendre son petit déjeuner face à l'océan l'enchante, le réconforte. Il accélère.

Une fois sur place, il gare sa moto. Dans le bar désert, tout de suite, il la voit. Il sourit. Ce doit être aussi le café le plus proche de chez elle. Le plus enchanteur aussi. Isolé au bord des falaises, au-dessus des plages. Un refuge face à la violence des vagues. Il comprend qu'elle ait besoin de cette hauteur, de ce fracas sous elle, de cet horizon infini. Il comprend qu'elle se sente en sécurité sur cette partie de la côte, à l'abri du vent, à l'abri des regards, son café brûlant à la main.

Elle est assise sur le petit rebord qu'il préfère, face aux falaises espagnoles que l'on aperçoit au loin, après

Hendaye. Les yeux dans le vide, emmitouflée dans un grand manteau gris, elle rêve.

Il n'est pas surpris de la trouver là.

Cette fois-ci il va la rejoindre, il le faut. Oui, il faut qu'il trouve en lui ce courage. Car il sait déjà qu'il est amoureux, qu'il aimerait tout obtenir d'elle, le meilleur qu'il devine mais aussi sa part secrète, sa fragilité. Tout. Il est le seul à réaliser à quel point elle est lasse de tout porter, à quel point elle doute. Il est le premier à s'approcher d'elle, à vouloir la serrer dans ses bras pour la protéger. Il ne découvrira que plus tard qu'il a été le premier homme à désirer vraiment l'aimer sans la soumettre ou l'abîmer. Et qu'il est celui qui la sauvera.

Il commande son café.

— Bien fort, s'il vous plaît. Et des tartines.

Tomber amoureux maintenant ? Est-ce que c'est vraiment souhaitable ? Ce n'est même pas raisonnable. À son âge, il n'est plus question que de cela. La raison. L'histoire du cœur qui aurait ses raisons que la raison ignore a été oubliée au fil du temps. Il ne l'a pas voulu, il ne l'a pas cherché, ni même envisagé, mais c'est ainsi.

Il est là, tout près d'elle à présent, son café à la main, au bord de l'abîme. Il sait que tout n'est pas toujours prévisible. Car depuis quelques semaines, bizarrement, il entend à nouveau son cœur battre. C'est tout. Il a longtemps pensé que ce vieil organe ne se remettrait jamais de la mort de sa femme.

Même s'il s'agit, encore une fois, de se mettre en danger, cela le fait sourire. Laisser une autre mettre ses mains sur lui, glisser ses doigts sur sa poitrine, trouver le point d'ancrage et entrer au plus profond du cœur, de cet organe vital et mystérieux qui bat et se débat et doit parfois être dompté tant il se donne le droit d'envahir le reste du corps. Il en a terriblement envie. Et ça occupe toute la place.

De sorte que, ce matin, même ses jambes ne lui obéissent plus. Il tremble un peu, mais il avance vers Olivia, qui tourne la tête. Et elle le voit.

— Bonjour ! J'espère que cette fois, vous me reconnaissez ?

Elle ne semble pas surprise qu'il pose son café brûlant sur le rebord, près d'elle. Elle lui sourit.

— Docteur Bauche… je pensais à vous justement. Je me demandais où vous alliez pour reprendre des forces après vos nuits de garde. Vous avez raison, ici, c'est le meilleur endroit pour ça.

Épilogue

Isabelle est installée dans une chambre de l'hôpital Saint-Léon, au service des grands prématurés. Une pièce aux couleurs douces, silencieuse et impersonnelle. Elle doit rester deux heures, c'est le minimum, disent-ils. Mais elle s'en fout, elle a tout son temps. Lorsqu'elle s'est assise, on lui a demandé d'ouvrir son chemisier puis une infirmière a déposé délicatement une toute petite personne contre sa peau. Un bébé intubé et placé sous monitoring. Isabelle a un châle posé sur le bord du fauteuil. Si elle a froid, elle peut le refermer sur elle, et sur le tout petit qu'elle berce et qu'elle caresse.

Cette décision ne s'est pas faite en un claquement de doigts et elle a réfléchi longtemps avant de décider de s'occuper de ces nouveau-nés en détresse. Mais après tout, elle avait besoin de fermer la boucle.

Elle sait qu'elle est ici pour être utile. Le « peau à peau » avec les prématurés est d'une importance capitale. Ces bébés, d'une grande fragilité, n'ont pas toujours des parents disponibles, eux qui ont tant besoin de ce contact vital, d'une chaleur humaine protectrice. Et surtout d'entendre un cœur rythmer leurs journées. Elle est là pour ça.

Angoissés, perdus, ils souffrent d'avoir été arrachés à leurs mères trop brutalement et trop tôt. Ils sont passés si rapidement du silence, du son de l'eau autour d'eux, de la chaleur maternelle, de l'obscurité, au chaos. À la lumière des néons, au froid, aux cris du service. Isabelle sait cela.

À elle aussi, ce « peau à peau » fait un bien fou.

Les rencontres avec ces tout-petits ne seront pas toujours faciles à assumer. Il faudra sans doute gérer les décès des plus chétifs. Isabelle va s'attacher à ces petits anges, nés avant la trente-deuxième semaine, fragiles, minuscules, pas tout à fait terminés et qui devront vivre quelques mois au service de néonatologie. Elle fera face. Elle a l'habitude, elle est sage-femme depuis presque vingt ans.

Elle se redresse, il faut que le petit soit en position ventrale, tout contre elle, dans le silence. Isabelle ne bouge plus, elle respire doucement, espérant que son cœur batte assez fort pour atteindre et réconforter l'enfant. Elle chantonne : « Tout va bien, tout va bien. »

Au bout d'un moment, elle s'endort. Le bébé se détend. Sa respiration est mieux oxygénée, sa température interne plus stable et le bien-être l'envahit lui aussi.

Quand Isabelle rentre chez elle après cette première expérience de bénévolat, elle sait qu'elle vient d'ouvrir une brèche dans son système de protection et que la lumière qui jaillit à présent éclaire quelque chose au fond d'elle qu'elle ne peut plus ignorer. Elle se sent bien. Elle se sent prête à vivre, enfin.

Aura, sidus, mare adjuvant me (« J'ai pour moi les vents, les astres et la mer »), devise de la ville de Biarritz

Et mes remerciements sincères :

À ma mère, et à ses combats perdus d'avance.

À mes filles chéries, Capucine, Félicie et Violette. Que ce livre les accompagne dans leurs choix audacieux ou conformes de vie, d'amour et de maternité (ou pas).

À mon fils, Gaspard, dont les bras enserrent mes épaules à la perfection.

À Alessandra Perissinotto, la première des autres mères que la mienne, pour m'avoir donné l'envie d'être une mère à mon tour, à la fois responsable, fantasque et complice avec ses enfants. Jamais je n'oublierai sa tendresse à mon égard. Paix à son âme.

À mon amie, le docteur Caroline Pujol, qui a répondu à chacune de mes questions, même celles concernant la mort volontaire, avec précision et confiance.

À mon amie Marie-Hélène Westphalen, dont la sensibilité et l'intelligence ne cessent de m'émouvoir.

À Évelyne de Montaudouïn, qui a corrigé mes mots tout au long des différents confinements de l'année 2020. Un esprit aussi affûté et précis que profondément original.

Au docteur Charlotte d'Arcangues, formidable

pédiatre et jeune mère de deux petites filles, qui a orienté certains chapitres et rectifié de belles incohérences, pourtant si romanesques.

Au docteur Christine Louis-Vahdat, gynécologue-obstétricienne. L'inspirante qui sillonnait le bois de Boulogne et qui m'a parlé pour la première fois de la jeune « Olga », du bus rose, des bénévoles et de son travail avec eux.

À Tatiana de Rosnay, dont la générosité et l'attention sont inépuisables.

À mes premiers lecteurs, impatients et avisés, Violette Doncieux, Sophie Nayrolles, Virginie et Aymar de Mauléon, Athénaïs de Mortemart, Katrin d'Arcangues, Constance Rubini, Émilie Boullet-Lacoste, François de Montaudouïn, Bénédicte Droin, Luisa Louro.

À Ludovic Escande, éditeur de littérature française aux éditions Gallimard, qui, le premier, a défendu mon roman et lui a donc donné une visibilité et une chance.

Et évidemment aux Presses de la Cité et à mes éditrices, Sophie Lajeunesse et Carole Collin.

L'idée que le roman dramatique et le drame romanesque sont un seul et même genre littéraire, délicieusement éprouvant émotionnellement, est, pour moi, une belle perspective à explorer.

Et, enfin, à tous les bébés autour de moi, nés pendant l'écriture et la correction de ce livre, qui ont tous la chance d'avoir des mères concernées, attentives et aimantes et, grande nouveauté par rapport à ma génération, des pères qui s'impliquent à leurs côtés. Un engagement qui aura sans aucun doute des répercussions positives importantes sur la charge mentale de leurs mamans et donc, par conséquent, sur le bien-être des enfants :

Gabrielle, 7 janvier 2020
Alice, 16 février 2020
Céleste, 21 mars 2020
Marius, 16 avril 2020
Lila, 25 juillet 2020
Siloé, 20 août 2020
Giorgia, 26 août 2020
Constant, 5 septembre 2020
Paula, 14 décembre 2020
Aristide, 17 décembre 2020
Hector, 19 décembre 2020
Blanche, 21 décembre 2020
Sidney, 6 janvier 2021
Gabriel, 16 février 2021
Alma, 16 mars 2021
Hugo, 10 mai 2021
Maïa, 10 novembre 2021
Marguerite, 11 décembre 2021

Et à la petite merveille qui vient de faire de moi une grand-mère :
Vladimir, 4 février 2022.

Composition et mise en pages
Nord Compo à Villeneuve-d'Ascq

MIXTE
Papier issu de sources responsables
FSC® C003309

L'éditeur de cet ouvrage s'engage dans une démarche de certification FSC® qui contribue à la préservation des forêts pour les générations futures.

Pour en savoir plus :
www.editis.com/engagement-rse/

CET OUVRAGE
A ÉTÉ ACHEVÉ D'IMPRIMER
SUR ROTO-PAGE
PAR L'IMPRIMERIE FLOCH
À MAYENNE EN AVRIL 2022

N° d'impression : 100320
Imprimé en France